講談社文庫

小さな恋のうた

平田研也

JN166673

講談社

小さな恋のうた

ギターのいいところは、学校でそれを教えないところだ。

ジミー・ペイジ

アンプから楽器の音が出た瞬間、その場所は目を覚ます。俺たちの空間になる。俺たちだけの空間だ。この瞬間を求めてここに来ているんだ。強くそう感じる。

慎司《しんじ》は肩から提《さ》げた自分のギターをチューニングしながら、他の三人のメンバーを見た。

ベースギターを提げた大輝《だいき》が、ペグをひねってベースの弦を締めている。ドラムセットに座っている航太郎《こうたろう》は、スネアを叩きながら座る椅子の位置を調整していた。ボーカルの亮多《りようた》は、皆の準備を待っている。自分の体重を預けるようにしてマイクスタンドのマイクを握り、飛び跳ねる準備をしている。こいつは跳ねるようにして歌うんだ。慎司はその歌い方が好きだった。

ミキサーのボリュームを上げる。

窓から射し込む光がギタースタンドに落ちている。

この狭い軽音楽部の部室は、校舎の奥にぽつんと建っているサビの浮いたプレハブ。もとはどう見てもただの物置だった建物だ。

壁に永遠に貼られている部員募集の貼り紙。誰が置いていったのかわからない積み上げられたCDたち。壁にマジックで書かれているIQゼロのいくつもの落書きは、たくさんのバカがかつてここにいたことの証しだ。

沖縄にあるこの高校の軽音楽部の部室が、日本全国に数多くあるだろう他の軽音楽部のそれとどこが違う？　せいぜいコード類をぐちゃっと突っ込んである棚の上に、小さなシーサーが置いてあることぐらいだろう。

慎司、大輝、航太郎は、それぞれの楽器から音を出していた。場が温まる。音が場を温めていく。

「あ、あー」喉の調子を確かめるように亮多がマイクから声を出した。

「あー、朝、マジ声出ない」

ドラムセットの航太郎が笑った。

「はあ？　もう放課後だし」

「亮多、五限から来たってよ」

大輝が言ったので、慎司も苦笑した。

「バカだな」

今は練習だ。だから四人は全員が向き合う態勢になっている。ボーカルの亮多とドラムセットに座る航太郎が対面し、亮多の両サイドに立つギターの慎司とベースの大輝も航太郎のほうに向いている。四人の円陣の中央に立てられたボーカルとギターとベース用の三本のマイクスタンドが、放射状にマイクを外側に向けている。

「よっしゃー、何からやるか？」

嬉しそうに亮多が言った。

「あれでしょ」

航太郎が言うと、大輝が笑みを見せた。

慎司も他の三人を見て笑みを浮かべる。そうだよ、あの曲だ。俺たちが生んだオリジナルの曲たちの中で、あれが一番テンションをぶち上げる。俺たちのオープニングは、あれしかない。

亮多がわざわざマイクを通して叫んだ。

「あれだよな！　よし、来い!!」

慎司は左手でギターのネックを握り直すと、右手に持つピックを弦に当てた。

この四人だから出せる音がある。そのことを、慎司は知っている。

四人全員がマイクに口を近づけた。出だしは全員で同じフレーズを叫ぶ。腹の底から突き上げるように。航太郎がスティックでカウントした。行くぞ。

「Don't worry!! Be happy!! It's my life!!」

＊

舞《まい》は、放課後の図書室にいた。静寂と、本のにおいの中にいた。

家に帰る前にひとりでここに来ることが多い。友だちと帰る約束がある日は、一緒に帰る。でもじつは、ここへひとりで来るほうが好きだった。

今日も遠くグラウンドのほうから野球部員たちが練習をしている声が、いい感じで小さく聞こえてきている。机に座っている舞は宿題のノートを開いた。

＊

慎司がかき鳴らすギターのカッ飛んだ音が、狭い部室の壁を震わせた。

大輝が鳴らすベースの太い音が、身体の真ん中に響く。

全身を両側から挟み込んでくるような、航太郎が叩くドラムの音。

そしてマイクスタンドのマイクを両手で握っている亮多が、まるでぶら下がるような姿勢でマイクにかじりついて歌い出した。

晴れた日の日曜日　短く長い一日の始まり
決められたする事もなく　ブラブラ町を歩く

『演奏中はドアを完全に閉めて音のボリュームに気をつけるように!!』

先生からのありがたいおコトバが壁に貼られている。けれど戸をちゃんと閉めたからって、プレハブの薄い壁にどれほどの防音効果があるのか。

アンプが放つ音で窓ガラスが震えている。

透きとおる青い空　太陽さえもじゃまなくらい
2人で HAPPY LUNCH TIME　お腹《なか》も愛も満タン

慎司はギターを弾きながら、歌っている亮多を見た。

亮多は入学式の日にいきなり一人だけ茶髪の髪で来て、生活指導の与儀《よぎ》先生に目をつけられた。それから一ヵ月、与儀に何度髪をつかまれて怒鳴られても、黒くしてこなかった。で、だいぶ経った頃、髪はまだ茶色いままで、今度は学校にサンダルで来た。当然、与儀につかまった。

「おまえ、ぞうりはさすがにダメだろ!!」

亮多はそれにはおとなしく従い、次の日からは靴で来た。そして「作戦勝ち」と言って笑った。「これで髪はオッケーになっただろ」

僕とあなたと2人だけで　素敵な星空がくるまで
僕とあなたと2人だけで　素敵な星空がくるまで

そんな亮多を、俺たちと一緒にバンドしようと軽音楽部に誘ったのは慎司だった。自分と大輝と航太郎でやろうとしていたバンドの、最後のピースに亮多はきっと嵌《は》まる。慎司はそう感じた。

今でも、あの時の自分の直感を褒《ほ》めたくなる。亮多の天性の弾《はじ》けた感じは、自分たちの音楽を体現するボーカルにピタリと合った。こうしてバンドは、形になった。

僕とあなたと2人だけで　素敵な星空がくるまで
幸せな時を過ごすこと

部室で演奏している慎司たちは知らなかったが、このとき放課後の教室でダべっていた数人の男子生徒たちが、漏れ聞こえる亮多たちのうたを耳にしていた。

「えー、これってよ……」

「あれたちか？」

「あいつら《アッター》が演《や》ってる!!」

彼らは転がるように教室から駆け出して行った。

Don't worry be happy. Happy Sunday. It's my life.

少しほこりをかぶっている部室のアンプ。そこから飛び出した音が、狭い部室の四方の壁で跳ね返る。跳ね返って自分たちの身体に戻ってくる。

たくさんのコードが渦を巻く床の上で四人は演奏していた。

音楽ができるやつがかっこいいのは、その場を支配できるからだ。楽器を操るだけで、マイクに歌うだけで、自分の存在価値をその場に示せるからだ。

Don't worry be happy. Happy Sunday. It's my life.

駐輪場に置いてある自転車で下校しようとしていた生徒たちが、体育館の入り口前に集合していたダンス部の部員たちが、漏れ聞こえる音に誘われて、軽音楽部の部室前に来始めていた。

これって、あれたちよね？　あのバンドよね？

慎司がかき鳴らしているギターはレスポールのスタンダードプロ。ロック色が強いその音に、大輝のベースが重なる。慎司は演奏しながら大輝を見た。

スティングレイのベースを弾いている大輝は、冷めているように見えた。こいつは普段、人生を楽しんでるのか、つまらないと思ってるのかわからない。

大輝が笑うことは滅多にない。教室とかでは、生きてんのかよ？　って思うぐらい、いつも机にグタッとしてボーッとしてる。でも、慎司は知っている。ベースを弾いている時、ハモって歌っている時、大輝は微笑んでいる。こいつの笑みが見れるのは演奏している時だけだ。現に今だって、大輝の口元には笑みが浮かんでいる。あの大輝が笑ってるわけ。いつもはホント《デージ》つまんなそうにしてる大輝が。最高だろ？

どうしたの？　何があったの　何をそんなに悩んでるの
でも心配することなんて　何一つもないよ

航太郎の陽に焼けた顔は、いつも笑顔だ。いつもニコニコしてる。だからこいつを嫌いになれるやつはそういない。そしてその楽しそうな笑顔は、ドラムスティックに乗り移る。航太郎は楽しさをあふれさせて全身でドラムを叩く。

航太郎のバンド愛は、たぶんうちの部で一番だ。航太郎は音楽以上に仲間が好きなんだ。たぶんバンドじゃなかったら、音楽を演ったりしてなかっただろう。

するとその航太郎が、ドラムを叩きながら窓のほうに気づいた。

それに気づいた亮多も窓のほうを見た。

漏れ漏れの音を聴いた生徒たちが部室の前に集まり始めていた。

簡単に自分を責めたり　自信をなくさないで
簡単に自分を責めたり　自信をなくさないで

歌いながら、亮多がいたずらっぽい顔で皆を見た。
やばい、と慎司は思った。こいつ、やる気だ。
やめろ、と慎司はギターを弾きながら目で言った。
が、亮多はマイクスタンドからマイクを外して、目で慎司にこう言い返した。
おまえはな、マジメすぎる。

もう明日は日曜日

亮多は歌いながらアンプのボリュームを一気に最大に上げた。
そして部室の窓という窓を開け放っていった。
うおおおっと外に集まっている生徒たちが歓声を上げた。
大音量の音楽が、部室から解き放たれた。

Don't worry be happy. Happy Sunday. It's my life.

亮多は外へ向かって歌った。当然のことをしたかのような顔で。俺たち《ワッター》のうたが外へ出せって叫んでたんだ。出してやらなきゃ仕方ないさ！

下校しようと自分の自転車のカゴにカバンを置いた生徒が、

日焼けした首筋を並べてグラウンドに集合していた野球部員たちが、

体育館でランニングシュートの練習をしていたバスケ部員たちが、

教室の机に座って自分のスマホをいじっていた女子生徒たちが、

突然聴こえてきた爆音に、動きを止めた。

*

図書室にも、静寂をなぎ払うような音楽が入って来た。

舞は手を止めて顔を上げた。

それはまるで、土足で入って来て、おまえらみんな外へ出れと皆を呼ぶような音楽だった。現にそれを聴いた何人かの生徒が走って図書室から出ていくのを舞は見た。

舞はその音楽が聴こえてくる窓の光のほうへ歩み寄った。

＊

校舎のあちこちから、音楽の聴こえるほうへ、軽音楽部の部室めざして、何人もの生徒たちが駆け出していた。

部室の窓から身を乗り出して歌う亮多の前に人だかりが膨らんでいった。

Don't worry be happy. Happy Sunday. It's my life.

亮多は片手を突き上げ、皆をあおって歌った。

集まった生徒たちがタテノリで片手を突き上げる。人差し指を突き立てた手を突き上げる。

すでにあきらめた慎司は、あえて派手にギターをかき鳴らした。

見ると大輝も航太郎も演奏しながら笑っている。二人とも弾けるような笑顔だ。

亮多が猿のように飛び跳ねながらあおる。

With one more time.
Don't worry be happy. Happy Sunday. It's my life.
Don't worry be happy. Happy Sunday. It's my life.

集まった生徒たちは亮多に合わせて一緒に歌っている。

手拍子。全員の笑顔。

軽音楽部の部室前は放課後のけだるさを振り払い、完全にライブ会場と化して青空の下でぐるぐると回った。

＊

舞は、図書室の窓辺にたたずみ、爆音と歓声が聴こえてくるほうを見ていた。

が、ふと何かに気づいて、そちらのほうに目を向けた。

生活指導の与儀克彦《かつひこ》先生と、与儀先生を追いかけるようにして軽音楽部の顧問の諸《もろ》見里貴子《みざとたかこ》先生が、あわてて部室のほうへ走っていくのが見えた。

1

慎司、亮多、大輝、航太郎の四人は職員室の与儀の机の前に並んで立たされていた。

日本全国、男子はおおむねバカだ。なぜなら「男子」という言葉の中に、「バカ」というニュアンスがすでに少し含まれているからだ。だからバカじゃない「男子」は、ほぼいない。ただ、職員室に連れて行かれるほどか、そこまでじゃないか、の違いはある。

「おまえたちは、またか!! まったくなんなんでしょうね、諸見里先生!!」

与儀の剣幕に、脇に立つ諸見里は小さくなっている。

「本ッ当に申し訳ありません!!」

「いい加減にしろよおまえたち! 真栄城《まえしろ》!!」

与儀が睨《にら》んでも、亮多はふてくされて視線を逸らしている。ズボンのポケットに両手を突っ込みかねない態度だ。子供の頃にはいたずらばかりする悪ガキだったとすぐわかる。

制服の白シャツの前ボタンを全部外して着て、下に着ているTシャツが丸見えだ。ただ、こいつはそんなにオシャレじゃない。「女の子にモテてえ」「彼女ほしー」とばかり言うわりに、カッコつけようとはしなくて、私服はだいたいTシャツに破れたジーパン。髪だって、今は茶髪だけど、手入れが面倒くさいと思えば野球部みたいな坊主頭にだってするだろう。

「池原《いけはら》!!」

航太郎は反省した顔で、陽に焼けた身体を小さくしている。制服の白シャツの前が全開なのは亮多と同じだが、なぜか印象が違って見える。こいつには太陽の匂いがする。大きくまくっているズボンのすそから足首が見えているのがよく似合う。季節はいつも夏の男だ。

家が漁師のせいかもしれない。海の男っぽく、細かいことは気にしない性格で、いつもハッピーそうだ。皆が険悪なムードになっても航太郎がニコニコしてるので、どうでもよくなることがある。

「新里《しんざと》!!」

大輝はまったくこたえていない。そもそもこいつが動じることはない。ものごとに達観してるのか、冷めてるのかわからないが、平常心を崩さない。

そしてなんでも器用にこなす。それは人間関係についてもそうで、男女に関係なく知り合いが多い。たぶんどんな相手にもフラットに接するからだろう。世渡り上手なのかもしれない。おまけにオシャレだ。そんな服、この沖縄のどこに売ってんだよ？みたいなのをよく着ている。

与儀は最後に慎司を見ると、わざとらしく残念そうな顔をした。

「譜久村《ふくむら》。おまえにはがっかりだ、本当に」

慎司たちのバンドが問題を起こしたのは、一度や二度ではない。だからバンドのリーダーの慎司だけが呼ばれて注意されたことも何度かあった。慎司は学業の面では非常に優秀で、生活態度も良く、教員たちの覚えはとても良かった。

他の生徒たちからの人望もある。だから、学級委員とか生徒会活動をしたらいいのに、と周りが思っていることを、慎司自身も知っていた。ところが本人としてはそういうことに関わる気はまるで無くて、亮多たちのような、はみ出してるやつらといつも一緒にいた。なんであいつらとつるんでるんだ？　と思われていても気にしなかった。四人の中でひとりだけ、制服のズボンにシャツをちゃんと入れている。

普段優しい諸見里も、四人に目を釣り上げた。

「本当にいい加減にして！　学祭出れんくなるよ！　あんたなんかだけじゃない、部のバンド全部よ！」

そうだ、来月には学祭がある。それに出れなくなったらヤバい。慎司は素早く頭を下げた。

「すみませんでした！」

「そうだ、おまえがしっかりして、このバカたちをなんとかしろ!!」

ところが慎司の隣でふてくされている亮多がぼそっとつぶやいた。

「……ハゲ」

慎司はさすがにぎょっとして横の亮多を見た。は？　今言うかや!?

「ンッ？」与儀が反応した。「誰かなんか言ったか」

慎司の背中に汗が吹き出した。

「この……」亮多が続けて言おうとしたので、肘《ひじ》で小突いてあわてて止めた。オイ！　だまれー！

＊

幸い、与儀の雷はそのあと二回落とされただけで済んだ。慎司はほっとした。亮多が悪態ついたのは聞こえなかったみたいだし。

職員室のある校舎から出た四人は、渡り廊下でつながれている校舎のあいだの中庭を通って部室へ戻っていった。そのあいだも亮多の怒りは収まっていなかった。

「あー、ムカつく、あのハゲ!!」

慎司があきれる。

「やめとけ」

「慎司はムカつかんのか?」

「学祭出れなくなるのはヤバいって」

亮多は収まらない。

「けどよ、あいつ絶対、俺たち《ワッター》に向かって怒ってないよな」

「ん? どーゆー意味?」と航太郎。

「俺たち《ワッター》の後ろに、他の先生たちいたさ。あっちに向かって言ってるわけさ。キレてますよってポーズだはずよ。じゃないと怒るためにわざわざ職員室まで連れて行かんだろ」

鋭い。与儀は他の先生たちに自分を誇示するために、わざわざあそこへ俺たちを連れてってデカい声で怒ったんだ。あの先生の、ああいうところが嫌いだ。

「あーゆーとこが嫌いだわけよ」亮多と考えが合った。「しかもさ、仲村《なかむら》いたさー。

二組の仲村」

「ああ、いた」と大輝。

「いたさ！　職員室に」

「誰？」と航太郎。

「おまえ知らんわけ？　慎司はわかるよな」

「ああ……」

仲村は一部の男子のあいだで可愛いと言われている女子だ。

「仲村の前で怒られたさぁ！　超《デージ》ムカつく！」

なんだ、それでいつもよりムカついてたのか。バカちがう？

「でもあいつ、三組の武田《たけだ》と付き合ってるって噂だよ」

大輝はこういう情報、とっても早い。

「えっ、誰それ!?」

「ほら、内地から転校してきたやつさ」

「マジ!?」亮多はがっかりして腰が砕けたようになった。「かぁーっ!!　やっぱかっこいいよな、ナイチャーは！　色白いし、毛ぇ薄いし！」

四人は爆笑しながら歩いた。

内地とは沖縄から見た本州方面の総称で、ナイチャーというのは本土の人たちのことを指す言い方だ。ここ沖縄は、本州から南へ遠く離れた海に浮かぶ、小さな島だ。

「あ、新里く〜ん！　さっきのすごかったよ！」

渡り廊下から黄色い声が降って来た。見上げると、短いスカートのテニスのユニフォーム姿の女子二人が可愛く手を振っている。

「おー」と大輝が、いつもの冷めた態度で応える。

「いけてただろー？」と女子たちに叫んだ亮多は、「誰だよあれ、大輝！」と訊《き》いている。渡り廊下横の階段を駆け上がって行った女子二人の、短いスカートがひらひら翻《ひるがえ》って、慎司以外の三人は足を止めてじっとそこへ目を凝《こ》らした。慎司はそんな三人を見て可笑しくて吹いた。

するとそこへ、自転車を押した舞が通り掛かった。自転車のカゴにカバンを入れている。下校するところだ。

気づいた航太郎が「おっ」と言った。

亮多も「お、妹」と言った。

慎司の妹の舞のことは、もちろんみんな知っている。一学年下にいて、慎司の家に行くと時どき見かける。けれど言葉を交わすことはほとんど無い。

舞も四人に気づくが、そのまま行ってしまおうとした。すると慎司は苦い顔をして、学校では珍しく、「舞」と呼び止めた。舞は押していた自転車を停めて振り向いた。

「父さんには言うなよ」

もちろん今日のこの、騒ぎを起こして職員室に呼ばれたことだ。それを聞いた舞は、だが表情も変えず、何も言わずにまた自転車を押して行ってしまった。

すぐに亮多が慎司にヘッドロックしてくる。

「バカおまえ、逆に自慢しろよ！　学校中アゲてやったんだぜって！」

「バカ」

四人は笑いながら部室に戻って来た。

が、部室の前には他の部員たちが待っていて、部長の友寄《ともより》が言った。

「てかおまえら、部室使うの、しばらく禁止な」

2

宜野湾《ぎのわん》市にあるそのライブハウスは、もう二十年以上続いている名の知れたライブハウスだ。かつてバンドブームだった頃には、ここが高校生バンドの登竜門とも言われたらしい。沖縄で生まれた多くのバンドが、ここでライブをしてきた。

車通りの多い国道沿いに、そこはある。周囲は繁華街というわけではない。けれどライブがある日には、その小さな建物の前が人であふれる。一階がライブホールで、三階が練習用の貸しスタジオになっている。元々はかつてのオーナーが三階を増築してライブハウスにしたのが始まりらしいが、十数年前にライブホールを一階に移し、三階は貸しスタジオにした。慎司たちは学校以外でバンドの練習をする時は、いつもそこに行っていた。

部室の使用禁止。まあそれは仕方ない。言われた慎司たちはすぐに学校を出て、自転車でそこへ向かった。もともと今日は部室練習のあとはそっちに移動して続きをする予定だった。部室は部のバンドごとに練習時間が決められているのだ。

校門を出た四台の自転車は住宅街の坂を下った。ここは坂の多い街だ。ひしめく建物の向こうに海も垣間見える。海面の陽光の白いきらめきが、学校周辺に建っているワンルームマンションのあいだから見えた。

学校のそばにあるワンルームマンションには、慎司たちの学校へ通う生徒がひとり暮らしをしているものもある。沖縄には、島内に高校の無い小さな離島がたくさんある。親元を離れて本島の高校へ通う生徒は、学校のそばでひとり暮らしをしていたりする。

車通りの多い国道に出た慎司たちは、国道沿いに並ぶ商店の前を自転車を走らせた。途中、スタジオ近くのキンタコでタコライスを食べて腹ごしらえをする。そしてライブハウスの前に自転車を滑り込ませた。

一階のライブハウスの入り口を入るとすぐにカウンターがある。ライブのある日には客はここで酒などのドリンクを買う。今、そこにはオーナーの根間《ねま》敏弘《としひろ》がいた。

根間は、自身もかつてはバンドマンだった男だ。五十歳をすぎた今でもその雰囲気がある。ファンキーなシャツを着て、コンバースのスニーカーを履いている。そんなラフな格好がよく似合う。

屈託《くったく》のない笑顔と、音楽への熱いまなざし。沖縄の多くのバンドマンから慕われている男だ。趣味でバンドをしていた会社勤めの頃、もとのオーナーからこのライブハウスの経営を打診され、相当悩んだという。けれど仕事を辞めてここを受け継ぐと決めると、苦労して奥さんを説得した。以来、ずっとひとりでこの音楽の聖地を守っている。

亮多と航太郎と、ギターケースを背負った慎司と大輝が、まるでいつもの駄菓子屋に来たような感じで入ってきた。

「こんちはー！」

カウンターの根間は四人を見ると、いつもとは違って「おうおうおう!!　おまえらおまえらおまえら!!」と彼らを呼び止めた。慎司たちは目を丸くした。根間が四人に顔を寄せてきた。

「来てるよ、今日！　ほら、前に話した、東京の！　おまえたちに興味あるって言ってたレーベルの!!」

「えっ？」

慎司たちはカウンターの横の通路を覗《のぞ》き見た。すると通路の壁面にびっしりと貼られたフライヤーを眺めている、オシャレな服装の四十代ぐらいの男が見えた。

その人から渡された名刺を見て、慎司たちは驚いた。東京の住所と会社名とともに、名刺の裏には慎司たちもよく知っている有名なアーティストの名前がずらりと記されている。みんな、その人の会社所属のアーティストなのだ。

まじまじと名刺に見入る慎司たちに、その人は単刀直入に言った。

「それで君たちに訊きたいのは、プロになる気はあんのかなってことなんだけどね」

＊

そのあとのスタジオでは、練習にならなかった。

慎司たちはその人の前でオリジナルの持ちうたを何曲か演奏してみせたが、四人とも明らかに緊張していて、出来としては七十点ぐらい。あまりに不甲斐《ふがい》なくて、さっきの話は無かったことになるんじゃないかと全員が青ざめた。

ところがその人は根間から送られたデモを聴いて会いに来ているので、「うん、まあ、最初はみんなこんなもんだよ」と軽い口調で言い、「君たちには本気で期待してるから」と言い残して、帰って行った。

「今日はもうやめよーぜ」

言い出したのは亮多だった。

思いがけないことがあったせいで、微熱が四人の中に生じていた。どうしてもそのことばかり考えてしまう。もしかしたら、人生を大きく変えるかもしれない熱だった。

早々にスタジオを出た四人は、また自転車を走らせた。

向かったのは、地元の街を見下ろせる公園。自転車を立ち漕《こ》ぎして長い坂を登る。

この街は県庁所在地の那覇《なは》のベッドタウンでもあるので、子供が多く、公園もたくさんある。高台にあるその公園からは、街が一望できた。台風が多い沖縄特有の、コンクリート造りの堅牢《けんろう》な住宅が建ち並んでいる。屋根の上に大きな貯水槽のある家が多く見える。これも、川が少なくて水不足になりがちな沖縄特有の風景だった。

ひしめく街並みの向こうに、夕焼けに染まる海が見えた。今しも夕陽が沈もうとしている。今日は水平線の付近にまったく雲が無い。この沖縄でもそんなには無いほどの、とても美しい夕景になっていた。

自転車から降りた四人は彼方《かなた》の海を眺めた。

「東京って、どっち？」

亮多が言った。

「ちょっと待ってよ」大輝がスマホを出して地図アプリを開く。指先でズームアウトしたりして調べ、一方を見た。「あっちだ」

大輝が向いたのは海のほうではなかった。

「あっちか」

亮多が海に背を向ける。眼前にある海の向こうにあるのは中国大陸だ。東京は、島の反対側の海の先にある。

航太郎が戸惑った顔で苦笑した。

「え？　ほんとに行くの俺たち。東京」

慎司が答える。

「まあ卒業してからだなー」

すると亮多は、まるで自分に言い聞かせるように気合を入れた。

「絶対やれるって!!　なあ!?　俺たちのうた最強だからよ、ゼッテェやれるって!!」

慎司は遠くにある東京を見ていた。

「でも東京なんか、日本中から最強が集まってるんだよ」

「ジョートーじゃねーかよ!!」

亮多は中指を立てんばかりの勢いで東京のほうを指差した。「待ってろよおまえら!!　俺たちのうた、ぶちかましてやるからよ!!」

叫ぶ亮多に、他の三人が笑った。

四人はテンションが上がり、そのままそこで声をあげてはしゃいだ。

東京。東京か。俺たち東京に行けるのか！

3

さんざん騒いだあと、「じゃあな、あとでやー」と言って四人は別れた。なぜか別れる時にはいつも、「あとで」と言う。今日はもう、あとで会ったりしないのに。陽が沈んで暗くなった空には、黄色い月が上がっていた。その月は、惜しくも完全な真円ではなかった。

慎司と亮多の二人は家が同じ方向なので、ともに自転車を走らせた。練習スタジオを出る前にスコールが降ったのかもしれない。流れる車のヘッドライトが濡れた路上に美しく照り返っている。普段から渋滞しがちな国道は、この時間も車の流れが激しかった。

ギターケースを背負って自転車を漕いでいる慎司は、前を走る亮多の後ろ姿を見ていた。その背中から喜びが滲《にじ》み出ている。俺たちは自分たちの力で東京へ行けるかもしれない。さっきの微熱が身体の芯にまだ残っている。笑みを浮かべて亮多と二人で自転車を漕いでいると、まるで未来に向かって走っている気がした。

赤信号で、二人は自転車を停めた。目の前を多くの車が横切っていく。

「なあ慎司〜」

慎司は「ん？」と顔を向けた。

「おまえ、Lisa《リサ》には言うわけ？　東京行くこと」

慎司は内心ドキッとした。

「はあ？」

平静を装って返す。けれど亮多はそれを見透かしているように、いたずらっぽく笑んで慎司を見た。

「もうさ、おまえ、告《コク》れぇ。I want you とか言って」

「バカ野郎」

「いやいやいや、マジマジマジ」

「まあ東京でテッペン取ったらなー」

「おおっ!?」亮多はわざとらしく驚いた顔をした。「おまえでもこんなって言うわけ？　へえ〜、意外だな！」

二人は笑った。

信号が青に変わる。目の前の横断歩道に、亮多が先に、そして慎司が続く形で、自転車を漕ぎ出した。慎司は前を行く亮多の背中を見て思った。そうだ、俺はこいつらと、このバンドで、どこまで行けるのかやってみよう。

その時だった。慎司は亮多の全身に右側から強い光が当たるのに気づいた。

ハッとして右を見る。

一台の車が強烈なヘッドライトの光を放ちながら自分たちのほうへ突っ込んでくる。

「あっ……!!」

叫んだ慎司に、前の亮多も「えっ……?」と右を見た。

信号を無視して突っ込んできた車は、金属と金属の大きな衝突音を交差点じゅうに響かせた。歩道にいた人々がギョッとした顔で音のほうを見た。

一台の自転車が高音の擦過音《さつかおん》を響かせてアスファルトの車道を滑った。

「きゃあああっ!!」と女性の悲鳴が上がった。通行人たちがあわてて駆け出す。交差点は突然、騒然となった。

そして世界は、暗く閉じた。

*

亮多の母の真栄城慶子《けいこ》は、病院の薄暗い廊下の長椅子に、ひとりで座っていた。

廊下の床に冷たく照り返っている天井の蛍光灯の光を見ている。

いや、実際はそれを見てはいなかった。見ていたのは、自分の息子の、想像され得る限り最悪の未来。遠く救急車のサイレンが夜を渡っている。普段は他人事に思えるそれが今はそうは思えない。夜の無人島にひとり取り残されたような気分で、慶子は身体を硬くして座っていた。

女性の看護師が音も無く来た。慶子は気配だけで顔を上げた。

「真栄城亮多くんの、お母様ですか？」

「はい」

慶子は導かれて、医師の待つ部屋へ入って行った。

＊

その頃、病院の入り口のロビーへ航太郎が駆け込んで来た。

真っ青な顔で辺りを見回す。人けの無いロビー。奥の長椅子に、一人の細い身体の少年が肩を落として座っているのが見えた。

「大輝!!」

航太郎は一目散に駆け寄った。大輝は呆然とした顔で宙を見ている。

「オイッ、大輝ッ!!」

航太郎が肩をつかんでも、大輝はピクリとも動かなかった。航太郎は息を飲んだ。大輝がすでに知り、自分がこれから知るであろうことを想像して、恐怖した。

＊

慎司は、ひとりで病院の暗い廊下を歩いていた。

ひっそりと静まり返っている廊下には誰もいない。天井の蛍光灯が消され、そのせいで床のモスグリーンのリノリウムはひどく黒ずんで見える。非常口を示す電灯の光だけが、辺りを照らす明かりだった。

並んでいる病室の入り口を一つ一つ覗きながら歩く。

亮多、あいつ、どうなった？　あいつの姿を見たい。あいつは一体……

亮多の姿を探して慎司は歩いていた。誰もおらず、誰の声も聞こえない、夜の静寂の中にある病院の廊下を。

と、その足がはたと止まった。とある病室の中を見て慎司は大きく目を見開いた。

その病室のベッドの上に、亮多が上半身を起こして座っていた。生気のない顔で宙を見つめたまま、じっとしている。似合わない入院着姿。窓にかかる山吹色のカーテンの隙間《すきま》から射す月灯りが、その全身を照らしていた。

「亮多……！」

亮多が顔を向けた。虚《うつ》ろな目で慎司を見る。

「おお、亮多……。おまえ……無事だったのか……！」

慎司は目を見開いたまま、吸い寄せられるようにふらふらとその病室へ入って行った。だがベッドの上の亮多は、なんの感情もその顔に浮かべず、じっと慎司を見ている。慎司は心底安堵《あんど》して、泣きそうになった。

「おお～、そうか～。お～、よかった。ホントよかった……」歩み寄るうちに亮多が大きなケガをしていないこともわかった。「おまえ……無事だったのか……」あまりにほっとしたので、慎司は全身の力が抜けそうになった。

亮多は無言のまま、慎司を見ている。

「ああよかった。ホント、よかった……」

するとその亮多の顔が、まるで気持ち悪いものでも見るかのようにゆがんだ。

「誰、おまえ」

「え？」

慎司は思わず足を止めた。最初は亮多が言った言葉が理解できなかった。警戒するような目で、亮多が睨みつけている。

亮多は、今度は逃げようとするみたいに少し身体を引いて言った。

「誰か？　おまえ」

慎司は絶句した。

＊

「記憶が？」

慶子は目の前に座っている医師を見ていた。白衣姿の医師が苦い顔を向ける。その脇には名前も知らないステンレス製の医療器具が冷たい光を放っていた。

「交通事故の衝撃によって、どうやら記憶の一部が無くなっているみたいです」

誠実で温厚そうなその医師は、慶子を動揺させないように努めて問題なさそうに言った。けれど慶子はその眉間に寄っている深刻そうなしわを見ていた。医師は蛍光灯の光を放つボードに貼られた亮多の脳のレントゲン写真を見た。

「救急外来で一通り診たんですが、身体は大丈夫です。頭のCTも撮ったんですけど、特に致命的な出血はありませんでした。ただ……記憶の一部に障害をきたしているみたいですね」

「それは……」慶子は一度唾を飲んだ。「その記憶は、戻りますか」

「わかりません。通常なら脳震盪《のうしんとう》などで一時的に飛んでいるだけだと考えられるのですが、息子さんの場合は――」

医師はそこで言葉を切った。どう説明するべきか迷っている。判断に迷うケースなのだとわかった。慶子は言葉を待った。医師の白衣がひどくまぶしかった。

*

亮多は現れた不審者を見る目で慎司を見ていた。慎司は想像もしていなかった恐怖が背中に込み上げるのを感じた。あせって、思わず一歩踏み出す。

「いや……何言ってる。俺だよ。慎司だよ」

「誰なんだよ。気持ちワリーな」

亮多はおびえた顔でさらに身体を引いた。慎司はそれを見てまた驚いた。それから急激に怒りが込み上げてきた。つかつかとベッドに歩み寄ると、亮多の腕をつかんでベッドから引っ張り降ろそうとする。亮多は驚愕した。

「なっ、なんなんだよ!!」

「ちょっと来いよ!!」

「は!?」

「いいから来いって!!」

亮多は慎司の手を振り払った。「なんなんだ！　てか、誰なんだ、おまえ！」

ベッド脇に亮多の制服が畳んで置かれている。慎司はそれをつかんで突き出した。

「着ろよ!!」

「ワケわからん」

「着替えろって!!」

亮多は服を突き出している慎司を見た。ひどく真剣で、少し悲しそうな色を帯びた目。口をつぐんだ亮多は、仕方なさそうに入院着を脱ぐと、制服に着替え始めた。

着替え終えた亮多を連れて、慎司は病室を出た。亮多は顔をしかめて付いてくる。

「おーい、どこ行くわけ」

前方を睨んだまま歩いて行く慎司は、廊下を進んで階段を降りて行く。そしてそのまま裏口の扉から外へ出て行こうとした。亮多はさすがにぎょっとした。

「ちょっと待てよ！」

だが慎司は足を止めて振り向くと、亮多の腕をつかんで有無を言わせず外へ連れ出そうとした。

「ちょっと待てって‼」亮多は再びその手を振り払った。「フッザけんなよ、どこ行くば‼」

慎司は悲しさが込み上げるのを抑えて亮多の顔を覗き込んだ。

「なあ、おまえこそフザけてんだろ？　フザけてんだよな？」

「は？　何がなんだよ。なんなんだよ、おまえ」

「本ッ当に憶えてないのか⁉　俺とか、バンド！」

「バンド？」

慎司は再びカッとなった。

「いいから来いって‼」

強引に亮多を裏口から連れ出す。夜の空気の中へ出た。

自転車があった。ちょうど二台。鍵もかかっていない。

二人はそれに乗り、漕ぎ出した。病院の敷地から出て行く。夜の路上を、前後になって走った。ほんの数時間前と同じように。ただ、あの時と違うのは、今度は慎司が前、亮多が後ろを走っていること。そして、二人の顔が笑顔ではないことだった。

4

二人の自転車は、深夜の学校の校門前に着いた。スライド式の鉄製の門扉が固く閉められている。その向こうには、渡り廊下でつながれた二棟の校舎が、漆黒《しっこく》の夜空の下にシルエットになっていた。

自転車を降りた慎司は亮多に向いた。亮多が、「なんだよ」と不平そうな顔で見返す。その態度に距離を感じて胸を衝《つ》かれた。なにかというとヘッドロックをしてきたり、後ろから走ってきて両肩に手を付いて跳び箱みたいに飛び乗ろうとしてきたり、やたらと自分にくっつきに来ていたこいつに、距離を。

慎司は感傷を振り払うようにいきなり駆け出すと、門扉へ飛びつき、両腕で身体を持ち上げて片足を門の上に掛けてョッとその上に上がった。そしてそのまま向こう側へ飛び降りる。それを見た亮多は面倒くさそうにため息をついた。が、仕方なく同じように駆け出すと、門扉を越えて校内へ入った。

二人は校舎のほうへ歩き出した。近づくにつれて、息をひそめている校舎が二人を見下ろしてくる。校舎内に灯りは一つも点いていない。すべての窓がポスターカラーの黒で塗られているように漆黒だった。

二人は中庭へ歩みを進めた。亮多は両側に建つ深夜の校舎を見上げながら歩く。だが慎司は怖い顔で前方を睨んだまま奥へ向かった。

目的の場所に着いた。そこはもとは物置だったはずのプレハブ。軽音楽部の部室である。入り口の前で再び亮多に向いた慎司は、反応を求めて睨んだ。亮多はそれを察したが、眉根を寄せて部室を見ると、怪訝《けげん》そうな顔をした。

「なに」

慎司はさすがに驚いた。信じられない。同時に、認めたくないという恐怖が込み上げる。が、それを抑え込むように大きくひとつ息を吐くと、部室のドアを開けた。ドアは難なく開いた。

「入れよ」

亮多はまた面倒くさそうにため息をついた。仕方なく中に入る。灯りの点いていない暗くて狭い室内は、いつもの部室の匂いがした。置かれたままになっているドラムセットに、窓から射し込む月灯りが落ちている。

「わかるか？」

「何が」

慎司は腹が立ってきた。

「ここがなんだかわからんのか」

言われた亮多が、あらためて室内を見回す。

「何って……何が？」

慎司はそばにあったマイクスタンドをつかむと、亮多の前に持ってきてドンと置いた。

「ほら！」

「は？」

亮多の手をつかんで強引にマイクを握らせる。

「ほら!!」

憶えてるだろ!?　この感触を!!

＊

俺たちにとって学校生活のほとんどは、ここにあったはずだろ!?

毎日、最後のホームルームが終わると、みんながガタガタと席を立ち始める。慎司と大輝はそれぞれのクラスで、教室の後ろのロッカーのところに置いてある自分のギターケースを取りに行く。亮多も航太郎も、その日の部室練習の順番が何番目だったとしても、どうせ他に行くところなんか無いからたいていまっすぐ部室に来た。

部室前の屋外で、自分たちの練習の順番を待つ。くだらないバカ話をして時間をつぶす。でも慎司が新しく曲を作ってきた時は、家で録ってきたデモを皆に聴かせるのが決まってその場だった。

慎司が自分でメロディーを口ずさみながらギターでコードを爪弾《つまび》いて録ってきたデモ。亮多と大輝と航太郎が、慎司のiPhoneでひとりずつ順番にそれを聴く。そして全員が聴き終わったら、それを早く形にしてみたくなり、自分たちの順番が来るのをうずうずして待つのだ。

そうだよ、亮多。あれを憶えてるだろ？　あのうたの詞を、おまえが書いてきた時のこと。

その日、三限まで授業をサボって四限の前の休み時間に教室に入って来た亮多は、まっすぐ慎司のところへ来ると、「詞、書いた」と一枚の紙を差し出した。

その日の朝、亮多はいつもと同じように学校に行くつもりで家を出たらしい。ところが前の日の練習前に聴いた新しい曲のデモが頭から離れず、自分のスマホにコピっていたそれを何度も聴き返した。そうして気がついたら、三限が終わるまで堤防で海を見ながら歌詞を考えていたらしい。

破り取られたノートのページに、作った歌詞が殴り書きされていた。

その、出だしの一行――

人にやさしくされた時　自分の小ささを知りました

それを見た途端、慎司は首筋にぞわっとしたものが走るのを感じた。始まりのその一行だけで、これはヤバいかもと思った。ヤバいうたになるかもしれない。

そのせいで、慎司はそのあとの四限目がなんの授業だったのか憶えていない。授業の間中、頭の中で自分が作った旋律と亮多から渡された歌詞を重ねて鳴らしていた。

　そして放課後。同じクラスの慎司と亮多は二人ですぐに部室へ向かった。その日の部室練習は二番目。上原《うえはら》たちのバンドの次だ。部室の窓に上原たちが練習を始めているのが見える。それを横目に、部室の外で慎司がギターを抱え、横に亮多が座って、慎司が爪弾くギターに合わせて亮多が歌ってみながら、さっそく曲作りを始めた。この日、航太郎はクラスの係、大輝は面談があるとかですぐには来なかった。

「なあ慎司。やっぱここんとこさー、詞変える。『あなたに逢いたくて』にする」

「え、どこ？」

「ここ。サビ」

「なんて？『あなたに逢いたくて』？」

「そう」

「ふーん。ちょっと、歌ってみよ」

　そこでギターでコードを爪弾きながら、そこのメロディーを二人でハモって歌ってみた。

　あなたに逢いたくて　逢いたくて

慎司はまた、「ぞわっ」が走るのを感じた。歌い終えた途端、二人で同時に部室のほうを見る。まだ上原たちが練習している。たしかエルレのコピーとか演っているはずだ。早く演りたい。早く俺たちの音を、アンプから出したい。

時間が来て片付け始めたのが見えると、すぐに部室に入った。上原たちが目を丸くする。

「え……なに？」

「ん？　や、俺たち次だからさ」

「ああ。まあ、そーだけど……」

上原たちが片付けている横で自分たちのセッティングを始める。時間に合わせてやってきた航太郎と大輝は「あれっ？」と目を丸くした。その時には二人はすでにセッティングを終えていて、マイクスタンドのマイクを握っている亮多は今にも歌い出しそうだった。大輝が怪訝そうに訊く。

「お？　今日俺たち五時からじゃなかった？」

「亮多が詞書いてきてくれたんだよ」

「詞？」

「ほら、俺が作って、きのう持ってきた曲」

「ああ」

「おっ、俺あの曲、好きだよ！」航太郎が目を輝かせる。

大輝も笑みを浮かべた。「やろやろ！」

そこで二人も大急ぎで自分の楽器の準備を始めた。

大げさじゃなくて、一つのうたが生まれた時は、太陽で生まれた光が地球に届いて、初めて地上を照らす時と同じだ。この世界を照らす、新しい光。それがどれだけ多くの人を照らせられるかは、できてみないとわからないけど。

憶えてるだろ？　亮多。俺たちはここで、あーでもないこーでもないってみんなでアレンジ考えて、あのうたができた。おまえはあの時そのマイクをずっと握って、「もう一回！」「もういっぺん！」って歌い続けて、帰る時には声嗄《か》らしてたさ！

＊

だが亮多は無理やり握らされたマイクから手を離すと、何させるといった顔で慎司を睨み返した。慎司は信じられないといった目で亮多を見た。

「マジ……？」

5

そうか、だったら、もっと強烈な感覚を思い出させてやる！

部室を出た慎司は、再び亮多を導いて歩き出した。亮多はうんざりした顔で、ズボンのポケットに両手を突っ込んで付いてくる。校舎の外側を回り、グラウンドと校舎のあいだを進む。向かったのは体育館だ。

夜の闇に包まれている大きな建物。二人は脇の入り口から入った。

バスケットやバレーボールのコートのラインが引かれている体育館のフロア。電気が点いていない夜のその場所は、巨大な倉庫のようで、活気ある日中との落差からか、より、しんとしているように感じられた。

二人はバスケットコートを横切って舞台へ向かった。舞台脇の入り口から入る。舞台袖は暗闇に近かった。慎司はそのまま舞台の上へ出て行く。亮多も付いて行った。暗く袖から舞台へ出ると、壇上から広く見渡せる体育館のフロアが視界に現れた。暗くて誰もいない空間。慎司は舞台の中央で、まるでスポットライトを浴びるようにフロアに向いて立つと、亮多に笑みを向けた。

「ほら、見ろよ！ 見えるだろ？」

亮多はあらためてフロアに目を向けた。両側にバスケットのゴールが二つずつ並んでいる。キャットウォークの横の窓から射し込んでいる月灯りが、がらんとしたフロアに落ちていた。

「何が？」

慎司はカッとなって怒鳴った。

「俺たちがこっから見た景色だよ!!」

*

あれは今から数ヵ月前の四月、新入生歓迎ライブの時だ。壇上から見渡す体育館のフロアに、百人を超える生徒たちの顔、顔、顔が見えた。

入学したばかりの新入生を各クラブが勧誘に走るその日、校舎内の通路には入部希望者の受付机が置かれ、新入生たちに各部の部員たちが声をかけていた。渡されたチラシで両手いっぱいになってしまった新入生もいる。運動部が中庭やグラウンドでちょっとしたプレーを披露してみせたりしていた。女子サッカー部員がユニフォーム姿でパス交換をしている。最近じゃ女子サッカーも人気だ。

けれどそんな中で一、二を争う人気を集めるのは、やはり体育館でおこなわれる軽音楽部の新歓ライブだった。演劇部の公演やダンス部のパフォーマンスも人気だけど、新入生も在校生も関係なく、軽音楽部のライブには人が集まった。理由は、単純に盛り上がれるからだ。しかも部のバンドはどのバンドも、新歓ウケを狙ってみんながよく知っているヒット曲のカバーを演る。そのせいで騒ぎたいやつらが集まって、例年大盛り上がりになった。

今年も案の定、たくさん生徒が集まり、慎司たちの前に演った三つのバンドがラッドやバクナンなんかのヒット曲を演って客を盛り上げた。いい感じで場が温まっている。四人はしめしめと思って舞台に上がった。だけど俺たちは観客に媚《こ》びるつもりはない。俺たちは俺たちの曲を演る。そもそもコピー曲なんか練習していない。

舞台に上がると、楽器のセッティングを始めた。自分のギターとベースを持って出た慎司と大輝は、それぞれ自分のポジションに立つとそれを肩から提げた。中央に立った亮多は、マイクスタンドを伸ばしてマイクを口の高さに合わせる。ドラムの航太郎は椅子に座ってキックを踏んでみたりした。

準備を始めると、観客がざわついた。次のバンドはどんな演奏をするのかという期待の顔。

この時、ピックを口にくわえたままギターのコードをアンプに挿していた慎司は、生徒が集まっている体育館のフロアに妹の舞がいるのに気がついた。体育館の端の壁の前に立っている。

あいつ、なんであんな端っこにいるんだ？

どうやらクラスメートらしき二人の女子と観に来ているらしい。その二人が、ステージの自分のほうを指差して舞に何か言っている。すると舞は恥ずかしそうに二人に応じて、さらに一歩後ろへ下がりそうな態度になった。

なんだ、兄貴が出てて恥ずかしいなら観に来なければいいのに。まあ、他のバンドが目当てなのかもしれないけど。

慎司はとくに気にせず、ギターのセッティングを終えた。

ステージ上で屈伸して飛び跳ねる準備をしていた亮多に、同じクラスの男子二人がステージの前まで来て、下から話しかけた。

「亮多ぁ～。おまえたち、なんの曲やるわけ？」

見下ろす亮多が答えた。「え？　オリジナル」

「オリジナル?」

亮多に話しかけたやつにもう一人が訊いた。「え、なんて?」

そいつがちょっと怪訝そうな顔をして教える。「オリジナル」

亮多は後ろを向くと、準備を終えた三人のメンバーを見た。航太郎が両手のドラムスティックを掲げて笑む。亮多も笑みを返した。

「よっしゃ、行こっかあ!」

四人は適度な緊張を含んだ笑みを交わした。亮多はまた観客のほうへ向き直ると、マイクをつかんで叫んだ。

「よし!! みんな!! 行くぞ!!」

観客たちは気圧《けお》された。普通ならあいさつの一つもするところだ。そんなの一切ナシで叫んだ亮多の言葉を受けて、航太郎がドラムスティックで強くカウントした。乾いた木の音が体育館にこだました。

ドンッ、ギターとベースとドラムの音が一気に強くアンプから放たれた。今まで誰も聴いたことがない曲。初めて人前で披露されるうたのイントロが飛び出した。

体育館に集まっている生徒たちは皆ぽかんとした。当然だ。これまでのバンドが演ったのはカラオケで歌われるような曲ばかり。でも慎司たちはそんなことはまったく気にせずに演奏を始め、亮多はマイクをつかんで堂々と歌い出した。

　人にやさしくされた時　自分の小ささを知りました
　あなた疑う心恥じて　信じましょう　心から

客の生徒たちはまだぽかんとしている。慎司はギターを弾きながら自分のスタンドマイクに口を近づけた。亮多からボーカルを引き継いで歌い出す。

流れゆく日々その中で　変わりゆく物多すぎて

亮多はマイクをマイクスタンドから外すと、ステージの最前まで出た。

　揺るがないもの　ただ一つ
　あなたへの思いは　変わらない

再びボーカルを引き取った亮多は、目の前の観客に向けて思い切り歌った。

泣かないで愛しい人よ　悩める喜び感じよう
　気がつけば悩んだ倍　あなたを大切に思う

演奏は上手《うま》いか、下手《へた》かじゃない。届くか、届かないかだ！

　ほら　元どおり以上だよ　気がつけばもう僕の腕の中

亮多はステージの一番前の縁に立ち、手を振り上げて観客をあおった。
他の三人は演奏しながら自分のマイクに口を近づける。サビが来る。四人が全員で歌う。

　あなたに逢いたくて　逢いたくて
　あなたに逢いたくて　逢いたくて

ステージから見えるみんなの顔に、笑顔が広がり始めるのが見えた。それを見た慎司は思わず笑みを浮かべながら、ギターのネックを滑る自分の左手に目を移した。

眠れない夜　夢で逢えたら　考えすぎて　眠れない夜

亮多は歌いながら、身体を前後させてステップを踏んだ。もっとだというふうに皆をあおる。

夢で逢えたら　どこへ行こうか？
あなたがいれば　どこでもいいよ

腹に響くバスドラの音。弦を強く弾くベースの音。

マイクを持った亮多は飛び跳ねて全身でリズムを取る。身体の中にあるリズムを全身で吐き出す。

慎司はギターの長いネックを少し立ててスタンドマイクをかわすと前へ出た。弦を弾く手を客に見せるようにしてギターをかき鳴らす。

亮多が拳を突き上げて歌い出した。観客にも同じ拳を求めるかのように。

あなたに逢いたくて　逢いたくて

観客の笑顔。皆が亮多とともに片手を突き上げ始めた。

あなたに逢いたくて　逢いたくて

最初は控えめに手を上げていた女子も、次第に力強く片手を突き上げ始めた。
航太郎のドラムが曲を加速させる。

流れゆく日々　季節は変わる
花咲き散れば　元にもどるの

いつのまにか観客たちは曲に没頭していた。

こんな世の中　誰を信じて歩いてゆこう

手を取ってくれますか？

想像以上のフロアの盛り上がりを、慎司はギターを弾きながら眺めた。その視界の端に、舞の姿が見えた。そばの友だち二人が片手を振り上げて楽しそうに乗っているのとは対照的に、棒のように固まって突っ立ってステージを見ている。微動だにしないその姿を目の端でとらえて、慎司はちょっと苦笑した。けれど構わずに、熱狂する観客に向かって再びギターを鳴らした。

あなたに　あなたに

＊

たった一曲だ。俺たちはあの一曲で、この場をつかんだんだ。
慎司にはその時ステージから見えた、片手を振り上げているたくさんの生徒たちの笑顔がはっきりと見えていた。皆がステージへ上がって来そうなほどに、ステージの前まで押し寄せて来ていた。バンドは、あれを経験したらもうやめられないらしい。客を乗せる感覚をステージで味わったら、もうやめられなくなると聞いた。だから今、あの時と同じ場所に立っても、ただキョトンとしているだけの亮多が信じられなかった。マジか、おまえ！　あれを忘れたのかよ!!

「俺らはな、あの時のライブで、ここに来ていた全員の心をつかんだんだ!!　あのたった一回のライブで、俺らいけるって思ったんだよ!!　あんなスゲエことを、なんでおまえは忘れられるんだよ!!」

慎司が力を込めて叫んでも、亮多は困って顔をしかめただけだった。

6

慎司はムキになった。学校じゃダメなのか。

慎司は学校から出ると、亮多を連れて再び自転車で夜の街を走った。亮多は相変わらず迷惑そうに付いてくる。

着いたのは、いつもの練習スタジオだった。灯りが消え、ひっそりと静まり返って閉まっている。自転車を降りた慎司は、ライブハウスの入り口のドアを指差した。亮多が「ん？」という顔をする。

「そこ入ったら、いつも誰がいた？」

「誰って……。てゆーか、なんなんだよ、この建物？」

慎司はうなだれた。

「根間さんも、憶えてないのか？」

「根間さん？」

「俺たち、めっちゃここに来たさ！　死ぬほど練習しに来たさ！」

不思議そうにライブハウスを眺める亮多を見ていると、慎司は逆に、自分が持っている記憶のほうが幻だったんじゃないかという気がしてきた。記憶の中の根間を思い出してみる。

頭に浮かんだのは、反対に置いたパイプ椅子にまたがって座り、椅子の背に両肘を置いて自分たちの演奏を聴いている根間の姿だった。新歓ライブを熱狂させたあの『あなたに』というタイトルの曲を、ここのスタジオで初めて聴かせた時のことだ。

＊

あなたに　あなたに

亮多が最後のフレーズを歌い終え、航太郎がドラムを最後に強く叩いて曲を閉じた。演奏を終えた慎司たちは、根間の反応を見ようと全員が目を向けた。

ところが反対に置いた椅子の背を抱えるようにして聴いていた根間は、最後の音がスタジオの空間に溶けて消えても、驚いた顔のまましばらく動かなかった。四人は思わず目を見合わせた。

「なんだおまえら……」

やがて、ぽつりと根間が口を開いた。「え？」と亮多が訊き返す。根間は「うん!!」と椅子を叩いて立ち上がった。

「イイわ！　おまえらイイわ！　うん。いやマジで。言っとくけどな、俺が本気で『イイ』なんつーのは相当ないからよ！」

あれは嬉しかった。ここはかつて沖縄のバンドの登竜門と言われた場所だ。相当な数のバンドが、ここを通り過ぎていった。それを見て来た人が、そう言ってくれたんだ。

＊

慎司はその時のことを思い出して熱くなった。

「って俺たち根間さんに言われて、『おまえたちオリジナル何曲ある？　すぐデモ作れ』って言われて、急いで録ったんだよ。そしたら根間さんが東京の知ってるレーベルの人にそれ送って、そしたらその人が――」

そこまで言って、慎司は言葉が続かなくなった。それは、ついさっきのことだ。俺たちの未来を握っていたかもしれない人が、わざわざ東京から会いに来た。そして、「俺たち東京行くかもしれない」とか言って公園で騒いで、そして……

慎司は亮多を見た。亮多は難しい顔をして、なんだその話は、とでも言いたげにしている。あれだけ東京に行くことに浮かれていたこいつが……

亮多は慎司のそんな気持ちも知らずに顔をしかめた。

「いや～、だけどさ～、そんな『バンド、バンド』言われてもさ～」

慎司は睨んだ。

「じゃあおまえ、バンドじゃないことなら、憶えてるのか？」

7

「お願い、頼むよ!!」

航太郎が両手を合わせて頼んできた。あれは七月に入ったある日の、部室でのバンド練習のあとだ。

エイサーの練習への勧誘だった。航太郎は地元の青年会に入り、エイサーを熱心にやっている。

「ホント人足らんわけよ！　この通り!!」

慎司と亮多と大輝は本気で弱って顔を見合わせた。


エイサーというのは、沖縄の伝統行事だ。お盆の時期に、死んだ人の霊があの世から現世へ戻ってくる。その霊があの世へ帰る時に、霊を送るために人々が踊るのがエイサーである。本土の盆踊りと同じ風習だけど、それよりも踊りが派手で勇壮だ。

旧盆の七月十三、十四、十五の日には、エイサーの集団が踊りながら地域の道を練り歩く、ミチジュネーという行事がおこなわれる。大きな旗を振る旗頭《はたがしら》の男が先頭を歩き、その後ろに沖縄の伝統的な弦楽器の三線《さんしん》を弾く男と、抱えた大太鼓を打ち鳴らす男たちが続く。そしてその後ろに、パーランクーという片側だけ皮を張ったタンバリンのような太鼓を打ち鳴らしながら踊る男の踊り手たちが大勢続き、最後に女の踊り手たちがしなやかな手踊りをしながら華を添えて歩く。

沖縄県内の地域によってエイサーの型に違いがあり、各地域の青年会が若者を集めてそれを守っている。地元の公民館の広場などに、主に夜に集まって練習を重ね、本番のミチジュネーに備える。

伝統を守るために県内の小学校では授業でエイサーの練習があったりもする。だが中には面倒くさがる子もいて、亮多などはそっちのたぐいだった。

結局三人は航太郎の頼みを断りきれず、練習に行った。夜の公民館の広場には地域の若者たち二十数人が集まって来ていた。

大太鼓の太鼓打ちである航太郎は、大きな太鼓を腹に抱え、エイサー仲間たちと談笑している。たくさんいる男子の踊り手たちは、まばらに草が生えている広場に立って雑談をしながら、練習の始まりを待っていた。

そんな中に混じって、慎司と亮多はパーランクーを持ったまま所在無げに立っていた。最後まで抵抗していた亮多は、まだ不満げな顔をしている。

「どこにみんなでエイサーやってるバンドかや……」

慎司はふと気づいて見回した。

「あれっ、そういや大輝は？」

一緒に来た大輝がいない。見ると広場の端で、自分たちと同い歳ぐらいの女子二人と立ち話をしている。エイサーに参加しに来た女の子のようだ。目を凝らすとなかなか可愛い。亮多と慎司は無関心そうな顔をしてそのほうへ歩み寄って行った。

「あー、これたち、これたち」

近寄って来た二人を指して、大輝が女の子たちに言った。

「あ、こんばんはー」

女の子たちが頭を下げた。やっぱり可愛い。

「え、バンドやってるんですかー？」

大輝は自分たちの話をしていたらしい。亮多がすました顔で答える。

「あ……うん、まあ……」

大輝は亮多と慎司をひとりずつ指して説明した。

「こいつがボーカルで、こっちがギターで、俺がベース」

「へえ～なんかカッコいい！」

「ね、いいね」

「バンドかー。聴いてみたいなー」

「マジで？」

大輝はいつもの冷めた態度である。

「うん、聴いてみたいよ。ねえ？」

「うん、聴いてみたい！」

そこでようやく大輝は亮多と慎司に彼女たちを紹介した。

「あ、この二人、同じ中学だった子」

そのあと、エイサーの練習が始まった。公民館の建物を背にして立ち並ぶ、三線や大太鼓を持った男たちに対峙《たいじ》して、パーランクーを持ったたくさんの男たちが何列にもなって踊る。そしてその後方に、男の踊り手たちを前に見る形で、女たちが手踊りで踊った。

やっぱりあの二人も練習に来た子たちだった。彼女たちが踊りながら見ている前で、亮多が元気はつらつとパーランクーを打ち鳴らして踊っている。慎司は踊りながら、その姿をあきれて眺めた。

＊

今、深夜のその公民館前の広場には誰もいない。公民館の建物も周囲の住宅街も、夜に染まって静まり返っている。

草がまばらに生えている広場に入って行きながら亮多を見ると、亮多は初めて来た場所を見るような顔で周囲を見ていた。慎司はうんざりした。

「おまえはさ、『エイサーに来て良かった』って言ってたんだぞ、亮多」

向いた亮多は、知らない誰かの話を聞くような顔をした。

「『昔おばあによく言われてたしな。自分作ったのは親。その親作ったのは、その親。だから先祖はすげえ大事。エイサーはそういう死んだ人の魂《たましい》送る踊りだから、ちゃんとやんなきゃダメだ』って、おまえはそんなこと言ってたんだよ！　憶えてないのか？」

亮多はムッとして顔をそらした。

「なんだったんだよ、じゃああれは！　女の子の前でカッコつけてただけやっし」

「知らんし！」

慎司は亮多の顔をじっと睨んだ。じゃあどこへ連れて行けば、何を話せば思い出す？

ビーチパーティーをした浜辺か？　四人でシークワサーの実をボールにして野球して、すげえ爆笑《デージ》したあれか？

それとも亮多のおばあがやってる天ぷら屋か？　練習帰りに四人で行って、天ぷら食いながらしゃべったあのことか？

亮多が弱ったような顔を慎司に向けた。それを見た途端、慎司は心の中で何かが音を立てて崩れるのを感じた。ダメだ、こいつはもう、どこへ連れてっても……

「やめてくれよ……」

思わず口から言葉がこぼれた。

「なんで全部すっぽり忘れてる……」

肩から力が抜けた。悲しかった。

「俺たち色々色々やってきたさ……じゃあ俺たちが一緒に過ごしたあの時間は、なんだったんだよ……」

慎司は視線を地面に落とすと、うなだれた。もうなにもかも、もとに戻らないと思った。

亮多はそんな慎司をじっと見ていた。そして、口を開いた。

「あー、わかったよ」

慎司はハッと顔を上げた。目を見開いて亮多を見る。

「亮多！」

亮多は顔をしかめ、申し訳なさそうに頭を掻《か》いた。

「なんか……うん、俺あんたと友だちだったんだろ？　うん……忘れてわるかったな」

「友だちどころじゃねえし！」

怒って叫んだ慎司に亮多は驚いた。

「友だちどころじゃねえんだよ俺たちは！　バンドだったんだよ！」

8

舞は、電気の点いていない廊下にたたずんでいた。

自宅の二階にある廊下である。一つの部屋のドアの前に立っていた。

ドアノブを握ってそっと開ける。その室内も電気は点いておらず、暗かった。舞は静かに入った。

そこは兄の慎司の部屋である。まっすぐ目的の場所へ向かった。ギタースタンドに二本のギターが並んで置かれている。両方とも兄のギターだ。舞はその前へ来ると、黙ってそれらを見下ろした。

その時だった。窓から何かが見えた。ハッと目を見開いた舞は、急いで部屋から出て行った。


家から出てきた舞は、夜の路上を走り出した。舞が向かった先には、長い長いフェンスがあった。

フェンス。沖縄では米軍基地の敷地を囲んで建てられているそれを意味する。コンクリート製の太い支柱が三メートルほどの間隔で立っていて、格子状の金網がそのあいだを塞いでいる。柱はその頭をこちら側、つまり基地の外側にかしげる形で造られており、三メートルほどの高さの支柱のかしげた頭のあいだ、金網の上部には、有刺鉄線が張られている。

物々しい、だが沖縄では当たり前のように見かけるそれが、舞の家の前にもあった。舞の家の前の細い道路を挟んだ向こう側は、フェンスで区切られた米軍基地なのだ。

舞は基地の中に目をやりながら、フェンスに沿って走った。フェンスの向こうの広大な芝生には、基地内の街灯がオレンジ色の光を落としている。その芝生の奥に見えるいくつかの平屋建てのシンプルな建物は、米軍関係者の住居だ。

舞は先ほど家の窓から、基地内の芝生に人影を見た。それは見たことのある人のような気がした。きっとあれは、あの人のはずだ……

芝生に、目的の人影があった。舞はハッとして、走るのを歩みに変えた。

見間違いじゃなかった。

それは、十七歳の舞と同い年ぐらいの、アメリカ人の女の子だった。彼女はまるで夜の散歩でもしているかのように、街灯に照らされた基地内の芝生の上を歩いていた。

彼女も舞に気づいて目を丸くした。続いて、笑顔になる。舞はフェンスに向いて足を止めた。すると彼女のほうもフェンスに向かって歩いてきた。

彼女は夜の暗い中で輝くような笑顔を見せた。これまでも見かけてはいたが、こんなに間近でその顔を見るのは初めてだったので、舞は固くなった。

「Hi!（ハイ！）」金網の向こうから、彼女は話しかけてきた。

「You're Shinji's sister, right?（あなた、シンジの妹でしょ？）」

舞は言葉が出せなかった。彼女が言った英語がわからなかったわけではない。何も言えずに、目の前にいる彼女をただ見つめた。

彼女のほうは、舞が返答しないので眉をひそめた。

「Are you alright?（どうかした？）」

＊

慎司は絶望して歩いていた。

亮多は俺たちのことも、俺たちと音楽をやってたことも、なにもかも憶えていない。しかも悲しいことに、そういう記憶を失くしてしまったことを、大したことじゃないと思っているみたいだ。大したことないわけないさ！　あれが俺たちにとって、どういう日々だったか！

この時、慎司は目の前の地面に視線を落としたまま歩いていたので、さっきからずっと長い長い米軍基地のフェンスに沿って歩いているということに気づいていなかった。フェンスの金網の向こうに広がる芝生には、基地内の街灯が所々にオレンジ色の光を落とし、少し幻想的な風景に見える。落ち込んで歩く慎司の背中を見ながら付いて来ていた亮多は、この誰だかわからないヤツの熱い想いに付き合うのに飽きていて、歩きながらなんとなく基地内のほうへ目を移した。

広い芝生の奥に、シンプルな形状の建物が点在しているのが見える。米軍関係者の住居だ。亮多はそれを眺めながらフェンスに沿って歩き続けた。

やがて、亮多の目が次第に大きく見開かれていった。前を歩く慎司は、当然そのことに気づいていなかった。

「……慎司」呼ばれた声に、最初慎司は気づかなかった。亮多は再び呼んだ。

「慎司」

今度は聞こえたが、慎司は内心亮多にムカついていたので無視した。が、そこでハッとした。こいつ今、俺の名前を呼んだのか？

慎司は足を止めてハッと振り向いた。驚いて亮多を見る。亮多も足を止め、慎司を見ていた。そしていつもの、いたずらっぽい笑みを浮かべて言った。

「なあおまえさ、マジ、Lisa に告《コク》れ。I want you とか言って」

慎司は息を飲んだ。ついさっきの場面が蘇《よみがえ》る。あの運命の交差点の、横断歩道へ自転車で漕ぎ出す前だ。亮多はわざとあの時と同じことを言ったのだ。

すると亮多は、ふと何かに気づいた顔をした。

「そうだ、俺らのライブに呼べばいいさ。なあ？　あ、学祭だ！　学祭に呼べばいいさ！」

　慎司は驚いた顔のままじっと亮多を見ていた。

「おまえ……」

「それ、いいや？」

「おまえさ……」

　亮多はばつが悪そうに頭を掻いて、「へへ……」と笑った。この野郎……

「バカ、なに笑ってる？」

「おお……わるかった」

　わるかったじゃないし。どれだけ心配したと思ってんだよ。どれだけ悲しかったと思ってんだよ……

「なに忘れてんだよ、おまえ」

「わるかったって」

「ったく、フザけるなよな。ホントに……フザけるな……」

　亮多は顔をしかめて、頭を掻いた。慎司はそれを見て、全身の力が抜けそうなほど安堵した。腹が立ったが、顔には笑みが浮かんだ。

亮多は、頭の中に急にいろんなことが蘇《よみがえ》ってきた自分に驚いていた。

なんでだ？

ああ、そうか。基地の中にある米兵の家を見ていたら、突然思い出したんだ。「あの子」のことを。本当にびっくりした、「あの時の光景」を。

＊

それは、亮多が日曜に家でヒマしていた時のことだった。スマホに慎司からLINEのメッセージが入った。『三時ぐらいにウチに来てくれよ』

なんだ、また新しい曲でもできたのか？　と思って慎司の家まで自転車を飛ばした。すると玄関から出て来た慎司は、そのまま外へ出て歩き出した。

「あれ？　おまえんちじゃないの？」

亮多は不思議に思ったが付いていった。慎司は家の前にあるフェンスに沿って歩いていく。そしてしばらく行って止まると、金網越しに基地の中を見た。は？　と思って慎司の視線を追った。

「なんだよ？」

そして、あの光景を見たのだ。

フェンスの向こう側に広がっている綺麗に刈られた緑の芝生と、奥に点在している米軍関係者の住居。その住居の一つ、フェンスから十数メートルほど離れた、それでも一番フェンスの近くにある一つの家の玄関のドアが開き、誰かが出て来た。高校生ぐらいの白人の女の子が、こちらのほうへ向かって歩いてくる。

明るい髪。真っ白い肌。顔に微笑みを浮かべて、まるで近所の知り合いに会いに来るような様子で歩いてくる。亮多はそれを見て、口をあんぐり開けたまま固まってしまった。白人の女の子が緑の芝生の上を歩いて来るその光景は、まるでアメリカ映画のワンシーンのように見えた。

フェンスは、亮多たちが生まれた時からある。だからもう空気みたいな存在だ。本土から来た人に、「フェンスって、電流流れてるの？」と訊かれたことがあるが、いやいやいや、そんな危険なものじゃない。フェンスは俺たちにとって、石垣や電柱と似たような存在でしかない。

ただ、それが隔てているこっち側と向こう側は、完全に違う世界だ。フェンスの存在をもはや意識しないように、向こう側の世界のことも意識しない。こっちとあっちがまったく別の世界で、関係することはないと知っているからだ。

だから亮多は驚いた。あっちの世界の同い年ぐらいの女の子が、まるで待ち合わせでもしていたように歩み寄って来て、フェンス越しに「Hi!（ハイ！）」と慎司にあいさつをしてきたからだ。

「Lisa」と慎司は亮多に紹介した。

「はあ!?」亮多は過去最大級にまぬけな顔をした。

「Ryota（リョータ）」慎司がLisaに紹介する。するとLisaは金網の向こうから笑顔で手を振った。

「Hi! Ryota!（ハイ、リョータ！）」

「いや、なんかさ、家から出てきたらさ、ここでばったり会ってさ、それで時々ここでこうやって会うんだよ」

なに言ってるわけ、おまえ。

「まだフェンスのこっちで会ったことは無いんだけどさ」

え？　フェンス越しに、ここでこうやって会ってるだけ？

「マジかよ、おまえ。こんなとこで会って何してる？」

日本語のやりとりがわからないLisaが慎司に訊いた。

「What? What did he say?（え？　なんて言ってんの？）」

そこで亮多は、つたない自分の英語力を使ってLisaに言った。

「あー……、What do you do here?（二人でここで何してんだよ？）」

「Oh, us? Shinji let's me listen to his songs.（あ、私たち？　シンジ、作った歌、聴かせてくれるよ）」

「Song?（歌？）」

「ああほら」慎司はポケットから自分のスマホを出すと、本体に巻きつけてあったイヤホンのコードをほどいた。「こうやって。ほらこうやってさ」

イヤホンの片方をフェンスの金網から差し入れる。それを受け取ったLisaは自分の片耳に挿した。慎司がスマホに目を落とし、音楽を再生させた。

それを見て亮多はあっけに取られた。よく、とくに女子とかが、こんなふうにイヤホンを片方ずつ耳に挿して二人で同じ曲を聴いてたりする。それを基地のフェンスを挟んでやっている。

亮多は可笑しくなって笑い出した。

「え、おまえそれ、国境越えてるだろ！」

「え？」

「基地ん中はアメリカさ。それ、国境越えちゃってるよ！」

基地の中は沖縄じゃない。米軍基地内は日本じゃなく、アメリカ合衆国の敷地だ。沖縄県民はもちろんそのことは知っている。だからそれを隔てるフェンスは国境。差し入れられた片方のイヤホンは、国境を越えて彼女の片耳にある。

「でも俺は越えてないからさ」

「そーだけど。面白いね、おまえたち」

片方のイヤホンから聴こえるうたに耳を澄ましていたLisaが慎司に訊いた。

「Hey, this song, did you write this, too?（ねえ、この曲、これもシンジが作ったの？）」

「ん？　ああ。Yes.（そう）」

ってことは、俺たちのバンドのうただ。俺たちのうたがイヤホンのコードを伝って、フェンスの国境を越えて、この子の耳に届いている。音楽は国境を越えるとか言うけど、なんだかその言葉がとんでもなく陳腐に思える。現に今、いとも簡単に、それは国境を越えている。

そして亮多は、不思議な感覚がしてハッとした。

イヤホンのコードが届く距離に近づいて、一つのうたに耳を澄ましている慎司と

Lisaのあいだから、フェンスの存在が消えたような気がした。こんな感覚は生まれて初めてだった。意識はしてなくても、生まれた時から厳然とあったフェンス。その存在が感じられなくなるような感覚を覚えたのは初めてだった。

その、味わったことのなかった衝撃を、基地内の住居を見ていて亮多は思い出したのだった。

「Lisaに告《コク》れ」慎司にそう言ったのは本心からだった。米軍の軍人は異動が多い。他の基地へと、すぐに沖縄から出て行ってしまう。Lisaだって間違いなくすぐ沖縄からいなくなる。だから学祭に呼ぶんだ。フェンスのこっち側で直接会え。そしておまえたちのために作った「あのうた」をLisaに聴かせろ。俺たちはライブバンドだろ？　目の前で演奏して聴かせろ！　そして告れ！　俺が全力で協力してやる！

ところがその時、亮多は突然めまいのような感覚に襲われた。別の光景が、鉄砲水のように頭の中になだれ込んでくる。世界がゆがんだ。そしてある光景が頭をよぎり、亮多はハッとして思わず慎司を見た。

慎司は、亮多が記憶を取り戻してくれたことに心から安堵した顔をしていた。

「ああよかった。ホントによかったよ……」

アッ、と亮多は思った。愕然と慎司を見つめる。亮多の頭の中の、固く記憶を閉ざしていた扉が開き、そのあいだから光が射し込んだ。だがそのまぶしい光が照らし出したのは、とても残酷な現実だった。

*

その頃、Lisa の姿を見つめたまま、舞も言葉を失っていた。黙ってしまった舞に、Lisa が会話を続けようと話しかける。

「... and Shinji? What's he doing?（……シンジは？　何してるの？）」

その言葉が引き金だった。舞はやっと、自分の身に起きたことが現実だと実感できた。ああ、あれは本当にあったことだったんだ、と。

ずっと出なかった涙が、ようやくあふれてきた。それを見た Lisa は驚いて、フェンスへさらに近づいてきた。

「What!? What happened!?（えっ!?　どうしたの!?）」

＊

亮多の目に蘇ってきたのは、交差点での光景だ。

二人で自転車を横断歩道へ漕ぎ出す。

が、次の瞬間、信号を無視した一台の車のヘッドライトが猛スピードで横から突っ込んで来た。

激しい衝突音がして、何かの衝撃で自分も自転車ごと倒れた。痛みに顔をしかめながら身体を起こすと、周囲は騒然とした雰囲気になっていた。

叫ぶ人。走る人。自分のところにも男性が駆け寄って来た。

「おい君ッ!!　大丈夫か!?」

亮多はハッとして、車が突っ込んで来たのとは反対のほうを見た。

離れた車道に慎司の自転車が転がっている。

歩道脇のガードレール付近に人が駆けつけていた。そこに、自分と同じように倒れている慎司の身体があった。

「あ……、慎司!!　慎司ッ!!」

痛みを忘れて立ち上がった亮多は、一瞬よろめきながらも走り寄った。

集まっている人々が慎司を介抱しようとしている。亮多はそれを掻き分けて、慎司にすがりついて抱き起こした。

「慎司ッ!!」

ガードレールに衝突したせいでひたいを血に染めている慎司は、目を閉じたまま、まるで人形のように力を失っていた。ぐにゃりとして動かない慎司の身体。その感触にぞっとして、抱き起こした手を思わず離してしまった。慎司は力なく再び地面に横たわった。亮多は頭の中が真っ白になった。

どこかから誰かの手が伸びてきて慎司の脈を取っている。

「オイ誰かッ!!　救急車ッ!!」

そんな声も聞こえた。脈を見た男性が蘇生措置を始める。

亮多は目を見開いたまま立ち上がり、その様子を見ながらあとずさった。蘇生措置を受けている慎司は物になったようにぴくりとも動かない。頭の中からすべての意識と感情が消えた。自分が地面に立っている感覚すら、無くなった。

＊

亮多の母の慶子は、息子について医師から聞いた説明のことを考えていた。

交通事故の衝撃によって、記憶が一部失われている。通常は、脳震盪などによって一時的にそういうことが起きる。だが亮多は、頭を打った様子は無い。

考えられる原因の一つとして、一般的ではないが、本人が意図せずとも自己防衛本能的に記憶を封じることがある。解離性障害。人間はあまりに大きなショックを受けると、自己防衛のために、それにつながる全ての記憶を自ら遮断してしまうことがある。再びその出来事を思い出して、同じショックを受けないように。

慶子は思った。亮多にとって、慎司君はとても大事な友だちだった。もしかしたら、友だち以上の存在だったかもしれない。それを失ってしまうという恐怖に、自分でフタをしたのだろうか。その現実から逃げるために。その事実に、自分が耐えられなくならないように。

＊

亮多を見つめている慎司は、笑んでいた。

「ホントによかったよ。おまえは無事で。ホントよかった……」

慎司を凝視している亮多は、自分の頭から血の気が引いていくのを感じた。

「え……ウソだろ……？　そんなのウソだよな、慎司……」

沖縄には、死者が行くと言われる場所がある。海の向こうにある、ニライカナイというところだ。そして、そこから現世に戻ってきた死者を再びあちらへ送る時、人々はエイサーを踊るのだ。

「ホントにヒドイな。忘れるなんて」

立っている慎司の姿が、遠く感じた。すぐそこにいるのに。

イヤだ、そんなことが起こるはずがない。この俺たちに、起こるはずがない！

「おまえが忘れるなんて、ひどすぎる。俺らのバンドはな、おまえが入って完成したわけさ。俺のうただって、おまえが詞つけてくれたからできたんだよ。おまえが忘れたら、悲しすぎんだろ」

「ちょっと待てよ慎司!!　フザけんな、やめろ!!」

行くなよ。おまえはどこへも行くな。俺たちのバンドは最強だろ!?　おまえが欠けてどーする。いや、一人でも欠けちゃダメだろ！　俺たちがどこに行こうとしてたかわかってるか!?　一緒に行くだろ？　東京へ！　ちがう！　もっともっと遠くへ!!　もっとうたを作って、もっと死ぬほどライブやって、もっと……もっと一緒に……

「なあ亮多、俺おまえとバンド組めて、ホントよかったと思ってる」

「やめろ慎司!!　そんなの許さねえ、俺そんなの許さないからや!!」

「よかったよ。思い出してくれて。うん、ホントによかった」

「慎司!!　ウソだろやめろ!!」

慎司はほっとして、すっきりした顔をしていた。亮多を見つめるその笑顔が、音もなく消え始めた。

「慎司!!」

慎司は、そんな顔するなよ、という表情で亮多を見た。

「じゃあな、亮多」

その姿が完全に消える寸前、慎司は優しく笑んで、その目はこう言っていた。

さよなら、亮多。俺たちの音楽を、よろしく。

「慎司、慎司、慎司ッッッ!!」

ハッと気がつくと、亮多は病室のベッドの上に上半身を起こして座っていた。

自分の両手を見る。窓から射し込んでいる月灯りが、その手のひらを照らしていた。

不意に、子供の頃に自分のおばあに言われた言葉を思い出した。お盆の時、炎を前にして、お金を模した紙をおばあに渡されて言われた。

「はい、帰るからね。これは亮多からね」

霊があの世へ帰るから、あっちの世界で使ってくださいという意味で、お金を贈るのだ。あっちの世界でも、このお金でお酒を飲みなさい、友だちと分けなさい、と。

少年の亮多は受け取ったそれを炎に入れ、立ち昇る火の粉を黙って見ていた。霊が、あっちの世界へ帰っていく。渡したお金の、火の粉とともに。

亮多は病院のベッドの上で、両手で自分の顔を覆った。そして突っ伏してうずくまったまま、ずっと動かなかった。

9

それからの数日間、沖縄県で発生し、高校生一名が死亡したひき逃げ事件のニュースは全国的に大きく報じられた。

高校生をはね、速度も落とさずそのまま逃走した車両について、沖縄県警は現場の物的証拠、目撃情報、周辺の監視カメラの解析などを進めた。しかし有益な情報は多くは得られなかった。

ただそんな中で、ある目撃情報がことさら注目を集めていた。

逃走車両はYナンバーであったかもしれない、というものである。

Yナンバーとは、米軍基地所属の軍人や軍属の者が所有する車に付けられているナンバープレートのことである。いわゆる「あ　○○－○○」などとなっているプレートの、「あ」の部分がYとなっている。かつて日本に初めて米軍基地ができたのが神奈川県の横須賀だったので、YOKOSUKAの頭文字を取ってYとしたようだ。そのためYナンバーの車が走っているのは、沖縄に限ったことではない。全国の米軍基地の周辺で見られる。ただ、他県と比べて沖縄の道路には圧倒的に多く、日常的に走っている。

ひき逃げをした車両が本当にYナンバーだったのか。この目撃情報に確証は無かったが、沖縄県警はアメリカ大使館を通じて米軍基地に捜査の協力を要請した。沖縄の高校生をひき逃げしたのが米軍関係者であったかもしれないということは、日米問題に発展する可能性を持ったデリケートな内容であるため、米軍側も捜査に協力すると回答してきた。しかしいまだに該当車両の発見には至っていなかった。

＊

Lisaは、部屋にある鏡で自分の顔を見てみた。目の周りが赤くなっている。ひどい顔をしていた。

今は……朝？　いったいどれぐらい自分はベッドに突っ伏していたのだろう。基地の軍用ヘリが家の上を飛んで行く音が聞こえた。けれどなぜかそれは遠く感じた。

そもそもあれから何日経ったのだろう。でも考えてみれば、まだ二、三日のはずだった。ティーンセンターに行ってないのも、二、三日。

ティーンセンターは、米軍基地内にある軍人や軍属の子供たちのための娯楽施設である。十三歳から十八歳までが行くのがティーンセンターで、その下の六歳から十二歳までの子はユースセンターへ行く。ティーンセンターにはビリヤードやゲーム、大きなテレビ、バスケットコートなんかがある。

これまでLisaは毎日のようにそこへ行って、基地内の友だちと会っていた。というか、そこぐらいしか行くところが無かった。そこですることといえば、何かを食べながらおしゃべりをするだけ。他の子たちだってだいたいそうだ。ただ、何かに熱心に打ち込んでいる子もいる。この基地ではチアリーディング部なんかが人気だった。Lisaは窓のほうを見た。外から射し込む陽光を見て、あの光はどこから来ているのだろうと思った。まだ少し涙で濡れている瞳のせいで、まぶしかった。

私が何をしたのだろう。神様に問うてみたかった。

基地の外で起きた日本人の高校生のひき逃げ事件のことは、基地の中にも伝わっていた。事件を起こした車がYナンバーだったかどうかということは、米軍関係者の立場と暮らしにも大きく影響するからだ。でもまさか、基地の外で起きたその大きな出来事が、自分と関係あることだったなんて！

被害者が、彼だったと知った時、あの彼だったと知った時、Lisaは本気で、これは夢だと思った。自分が頭の中で見ている、とてもくだらない、あり得ない内容の夢だと。

けれどその夢に、目覚めの時は来なかった。いつもと変わらぬ日常が始まり、それでいてその日常は、信じがたい事実を自分に突きつけてきた。

最初、事件のことは友だちの話で知った。その友だちは基地内の電光掲示板で見たらしい。米軍関係者に影響がありそうな事柄は時々そこに表示される。ところがそののち、米軍放送局がその事件を伝えた。普段はアメリカ本土で起きていることのニュースを流し、ローカルなトピックは天気や為替ぐらいしか扱わないので、とても珍しいことだった。放送局は沖縄の他に三沢、横田、岩国、佐世保と、日本国内の基地にあと四ヵ所あるけど、その全部が伝えたのかはわからない。もしかしたら捜査に協力するので、その調査を円滑に進めるために沖縄の基地だけで報じられたのかもしれなかった。

Lisa は基地の外で起きたひき逃げ事件の被害者の情報を知り、まさかと思って、改めてネットのニュースで詳細を確認した。

シンジ・フクムラ。Lisa はニュースで、彼の苗字を初めて知った。

そしてやっと、涙が出た。Lisa はそのまま、自分の部屋に閉じこもった。

両親には言わなかった。フェンス越しに外の人と会っていたなどと言えない。しかもそれが事件の被害者だったとなると、自分もなんらかの聴取を受けることになるだろう。父のKyle《カイル》は将校だ。母のNatalie《ナタリー》は主婦だが、彼女の両親も軍人だったので、しつけに厳しかった。両親に要らぬ心配をかけたくない。

数日前の夜、シンジの妹と偶然会い、彼女が突然泣き出したわけが理解できた。あの時は驚いて、涙を流したまま何も言わずに立ち去る彼女をただ見送るしかなかったが、あれはもしかしたら、事件のことを私に伝えようとしに来てくれたんだろうか。もしあの時事件のことを聞けていたら、一緒に泣けていたんだろうか。彼女の悲しみに寄り添えたんだろうか。

母のNatalieがLisaを朝食に呼ぶ声が聞こえた。体調が悪いと伝えているので、気遣っている声色だ。そろそろ顔を見せないと、心配させすぎてしまう。Lisaはうっすらと汗がにじんで前髪が貼り付いてる自分のひたいを手で拭《ぬぐ》った。

朝食を食べ、スクールに行くためにLisaはいつものように八時前に家を出た。基地内にあるスクールへ歩く。

綺麗に刈られた広い芝生と、ゴミ一つ落ちていない舗装道路。基地内に点在する画一的な形状の住居。その中を歩きながら、Lisaはフェンスのほうを見た。

ちょうど登校時間なのだろう、フェンスの外側の道を、十歳くらいの日本人の子供たちが何人も歩いているのが見えた。全員が大きな四角い箱型のカラフルなバッグを背負っている。

その彼らの向こうに見える、沖縄の家々。不規則に密集したその街に比べて、カリフォルニアの風景を模したような整然とした基地内の街並みは、ニセ物のような嘘くささを感じさせる。建物が雑多に建ち並ぶあちらのほうが、よほど人間的だ。こっちはまるで、無菌室《クリーンルーム》みたい。

私が知らないだけで、きっとあっちの街ではいろいろなことが起きてるんだと思う。でも、基地の中では何も起こらない。何か起きてはいけない場所だから、何も起こらない。

建ち並んでいるフェンスの支柱は、外側へ向けて先端を曲げている。もちろん外部からの侵入を防ぐためだ。でも、フェンスで排除されているのは、本当はどっちなんだろう。七十年以上前にここを占領した私たちは、やっぱりよそ者なんだろうか。

Lisa は泣き腫《は》らしてまぶたが少し厚ぼったくなった目で、そんなことを考えた。

10

いくつものボールがフロアにバウンドする音と、キュッキュッと走るシューズの音が絶え間なく体育館から聞こえていた。バスケ部が練習を始めたらしい。あるいはハンドボール部かもしれない。

舞は、放課後のグラウンドの端に立ち、まだ誰もいない広い空間を一人で見ていた。隅っこにバスケットボールが一つ転がっているのが見える。グラウンドの地面を撫でるように吹いた風が、正面から吹き付けてきた。今日は風が強い。もっと吹け、と舞は思った。もっと強く、私にぶつかれ！

部活が始まる前の、まだ誰もいないグラウンド。このまま誰も来なければいいのに。この心が埋まるまで、誰も来なければいいのに。

「大丈夫ね？　舞」二日休んで学校に来たら、何人かのクラスメートからそう訊かれた。「大丈夫だわけ？」「もういいのね？」

何が？　何がどうなったら、「もういい」の？　大丈夫になるの？　逆に教えてほしい。

LINEにもたくさんメッセージが入っていた。「大丈夫?」とか「こんど話、しようね」とか。普段そんなに話さない子からも来ていた。舞は全部には返信しなかった。

サッカー部の部員たちが、倒したサッカーゴールを皆で持ってグラウンドの中へ運んでくるのが見えた。舞はそれを見て、その場を離れた。

友だちから「帰りにどっか寄らない?」と誘われたが、ひとりで帰りたかったから断った。これまでも同じ理由で断ったことがある。「舞のマイはマイペースのマイだや」と言ったのは、綾香《あやか》だったっけ。そうかもしれない。自分はそんなにみんなに合わせるタイプじゃない。でも、それでも離れていかない友だちはすごく《デージ》ありがたいなとも思った。

舞はひとりで自転車を漕いで学校を出た。自転車を走らせながら考える。

思い出すのは、数日前の兄の葬儀の光景だ。

あのとき、舞は泣いたりしなかった。感情をオフにした目で、ただ静かに、参列に来てくれたクラスメートたちに応対していた。声をかけてくれた子もいたけど、なんて返したかは憶えていない。目を合わせない子もいた。

参列した生徒たちの中で、誰かひとりだけ、とんでもなく号泣している男子がいて、その人のせいで周りがもらい泣きしているらしかった。太い声で号泣しているその男子の姿は見えなかったけど、舞はてっきり、うちに一番よく来ていた亮多という兄の親友だと思っていた。でも、あとで違ったとわかった。その亮多という人は、兄と一緒に事故に遭ってその時はまだ病院にいて、葬儀には来てなかったらしい。

葬儀の時の兄の顔は、ただ眠ってるだけにしか見えなかった。

自転車を走らせながら、今も舞は、家へ帰ったら兄がいつものようにリビングのソファーで寝そべっているような気がした。長い身体でソファーを独占して、スマホとか見てるもんだから、

「邪魔。どいて」

そう言ってスペースを開けさせることもよくあった。そんなとき兄は口をとがらせながらも黙って起き上がったものだ。あの人は家ではズボラで、のそのそと動く人だった。

兄とはそんなに話さなかったけど、もっと話しておけばよかったとは思わない。あれぐらいの距離感がちょうどよかったと思っている。きっとあっちだって、そう思ってたはず。今となっては、わからないけど。

ただ……

兄は本当にいつも、ギターを触っていた。父がギターばかりやるのを快く思わないから、たいていは二階の自分の部屋で弾いていた。弦を爪弾く音がドアの外まで聴こえた。

でも父がいない時は、リビングのソファーに持って降りて来て爪弾いていることもあった。そんなとき舞は、その姿をじっと見ていた。とくに兄の、ギターのネックを滑る指の動きを。

あれを見て美しいと思わない人がいるのかな、と舞は思う。たとえば裏側、手の甲のほうから見ていても、ギターのネックを上下するその動きは美しいと思った。それとも兄のそれが、特別美しかったのかな。

あんまりずっとやり続けるもんだから、見てると自分もやってみたくなって、

「それ貸して」

兄から奪って、ギターを抱えたことがあった。見よう見まねでギターを弾いてみる。すると兄はしばらくそれをじっと見ていて、やがて二階からもう一本の自分のギターを持って来て言った。

「こんなって弾いてみ」

隣で弾いてみせながら、いろいろ言い始めた。

「ここはこの握りだけどさ、難しいんだったら、こう押さえてもいいわけさ」

そう言って音を出してみせる。

「な、同じだろ？」

ああいうことだったら、もっと話しておいてもよかったな、と舞は思う。そして自分にとっての兄の最後の言葉はなんだったんだろう、と考えた。

事故があった日、学校で帰りがけに珍しく兄が自分を呼び止めて言った。

「父さんには言うなよ」

あれは違う、と舞は思っていた。結果的に、兄が自分に最後に言った言葉はあれだけど、あれは違う。

舞は、自分にとっての兄の最後の言葉を探していた。

11

誰だよ、こんなところにちんこなんて書いたの、と亮多は思った。

今気がついた。自分の席の真横の窓枠に、マジックで小さくそう書いてある。これじゃまるで俺が書いたみたいさ。けれどそんな落書きを見つけても、亮多の心は冷めたままだった。

教壇では理科の先生が、オホーツク海気団と小笠原気団のことについて話している。同じ柄の、同じ色のネクタイを締めた制服姿のクラスメートたちが、聞いてるんだか聞いてないんだかといった様子で授業を受けている。そのすべてが、自分とはまったく関係ないことのように思えた。つまらん。そういえば今日はあとで避難訓練があるとか言ってたな、その前に帰ろうか。

亮多はここ数日、学校に来て、授業を受けて、すぐ帰るという日々を過ごしていた。数日休んでいたあいだに、体育祭のテーマ曲がE-girlsの曲に決まったらしい。クラスメートの佐久川《さくがわ》が、授業中にスマホを見ていて取り上げられたらしい。どれもつまらん。

慎司の机は、まだそのままあった。でも花などは置かれていない。少なくとも亮多が学校へ来た時には無かった。ただ、ムカついたのは、教室の後ろのボードを見た時だ。黒板と反対側の後ろのボードに、これまでは学校のイベントで撮られたクラスの写真がB５サイズにプリントして何枚も貼られていた。ところがそれが全部無くなっている。それらには、ところどころに慎司も写っていた。たしかに貼るのをやめたい気持ちもわかる。でも剝《は》がさなくていいだろと亮多は思った。慎司の存在を無かったことにされたみたいで、ムカついた。

入院していたから、慎司の葬儀には行っていない。でも、行かなくてよかったかもとも思っている。聞いた話じゃ、葬儀の時に航太郎が号泣して、周りがヤバかったらしい。やっぱり行かなくてよかった。

慎司との別れなら、ちゃんとやったし。

「部室行けないなら、学校来る意味もねえしな……」

亮多は思わずぼそっとつぶやいた。

つぶやいたら、急激に腹が立ってきた。

クソッ!! なんなんだよ！ あいつがいなくなっただけで、音楽まで取られてしまった。俺には音楽しかなかったのに。チクショウ!! あん時……あん時に戻れるんなら、あそこを通らなかったのに。あんな交差点通らなかったのに。チクショウ！ チクショウ!!

＊

航太郎が父の昌盛《まさもり》とともにウェットスーツ姿で海から上がって歩いてくると、昌盛の漁師仲間の男たちが漁協に向かうところに出くわした。

「ああ、昌盛さん。息子、漁師継いだのかー？」

「これはまだ学生よ」

そう返答した昌盛に、航太郎も続けた。

「今日は手伝いですー」

「そうねー」

皆、航太郎が子供の頃からよく見知っている漁師たちだ。

昌盛は、昔から伝わる伝統漁をまだやっている数少ない漁師だ。素潜りで魚を獲る漁。リーフの地形を把握し、「ウォー、ウォー」という独特の声を出しながら、獲物の魚を水路に追い込む。魚を追い込むための水路が漁場全体で二十ヵ所ほどあり、いくつかのポイントには名前が付けられている。航太郎はその全部を覚えてはいない。

今日はその漁を久しぶりに手伝った。ゆうべ、父に言われたのだ。

「おい、あしたは客いないから、漁に出るからよ」

客というのは、観光客のことである。いまや伝統漁だけでは食べていけない。なので休日はレジャー客を取っている。「海人《ウミンチュ》体験」。浅い場所で沖縄伝統の追い込み漁を体験する。ホームページも作ってある。航太郎にしてみれば、こんなことをして楽しいのだろうかと思うが、リピーターもいるぐらいだから楽しいのだろう。

だが、今日は本業の漁だった。しかし昌盛はいつも航太郎に、「だから手伝え」とは言わない。

「あしたは漁に出る」

そう言うだけだ。けれど航太郎はそれを聞くと、すぐに自分のスマホで翌日の天気を調べてみるのだった。

航太郎には迷いがあった。いずれは家業を継がなきゃならないのかな、と思っていた。沖縄では家の位牌《いはい》を守るのは長男の役目という考えが根強い。昔は長男以外の兄弟は味噌樽《みそだる》一つ持たされて家から追い出されたらしい。とくに海人《ウミンチュ》の家では、仕事がら死が身近なせいで祭祀《さいし》も盛んで、昔の言い伝えを守る傾向が強い。航太郎が幼い頃からエイサーを続けているのもそういう環境のせいだった。

小学生ぐらいの時は、「家に船あっていいやー」とか「海もぐってかっこいいやー」と言われた。でも物心が付くと、伝統漁はお金にならないことや、大変な仕事であることもわかってきた。昌盛も、航太郎がそう感じているのをわかっていた。

けれど航太郎は、まさか今日、父からこんなことを言われるとは思わなかった。海から家のあるほうへ二人で歩いて行きながら、昌盛は航太郎にこう言ったのだ。

「継がんくていいからな」

先ほど漁師仲間が「漁師継いだのか」と言ってきたからだろう。

「伝統漁は、俺《ワー》の代で終わっていい。おまえ《ヤー》は好きなことをやっていいからよ」

航太郎は不意を突かれ、言葉を返せなかった。


海から持って上がった漁具を片付け、漁具置き場にある火の神《ヒヌカン》の神棚に漁の無事を感謝して手を合わせると、昌盛と航太郎はウェットスーツを脱いだ。

私服に着替えた航太郎は、そのあと家の前の地面に座って、ひとりで海を見ていた。さっき父に言われたことを考える。でも、それについての答えなんて出てこなかった。

ふと航太郎は、自分を見ている人がいるのに気づいて目を向けた。根間が立っていた。根間は、ようといった感じで片手を挙げて歩み寄って来た。だがその顔に、スタジオで見せるようないつもの気さくな笑顔は無かった。

航太郎が驚いて立ち上がろうとすると、根間はそのままそのままという手振りをして、そばへ来て自分も横に腰を下ろした。二人は地面に座って、しばらく海を眺めた。静かで、重い空気が流れる。

「ボーカルの……」根間がようやく口を開いた。

「……亮多ですか？」

「まだ、病院にいるの」

「いえ、あいつはケガはたいしたことなかったんで、もう家に戻ってます」

「そうかー……」

するとと根間は、心底くやしそうに自分の頭を掻きむしった。

「ああ〜、けどおまえらのバンド、ほんっとに良かったんだけどなあ！　こんなことなるなんてなあ……」

航太郎は根間を見ずに、海に目をやったまま言った。

「ベースの……大輝ですけど、あいつは他のバンドに行くことにしたんです。あいつは、『学祭に出たいから』って。ベース、もともと人少ないし……」

「君は、どうすんの」

「俺は、あいつらが好きでやってたんで……」

そう言った途端、不意に熱いものが込み上げてきて、航太郎は涙をぼろぼろ流して泣き出した。根間はすまなそうに顔をゆがめ、航太郎の肩を優しく抱いた。

12

テレビのニュースは連日、捜査の進捗《しんちょく》が無いことを報じていた。なかなか新たな情報が無いせいで、次第に沖縄県警への批判に転じる報道も出始めた。ひき逃げ事件は事故を起こした車両の断片など物的証拠が現場に多く残るものである。また、発生時刻も深夜ではなかったので人通りもあり、目撃証言もいくつか得られたにもかかわらず、なかなか車両を発見できない県警の捜査に疑問を投げかけるものだった。

一方、捜査の協力を要請された駐留米軍にコメントを求めるメディアも多かった。しかし米軍関係者が関与しているという確証はまだ無いため、「被害者に深い哀《あい》悼《とう》の意を表する」「捜査への全面的な協力を約束する」という内容以上のコメントが得られることはなかった。

舞の家の前にも、ネタを求める報道陣が押しかけた。被害者の家として映され、その対面が米軍基地であることも紹介された。しかし警察が規制に入り、遺族への配慮を求める声がネットを中心に巻き起こったせいで、次第に報道スタッフの数は減っていった。

やがてマスコミは、これをきっかけに再燃した基地反対運動の、ゲート前での抗議活動の様子を取材するほうへ移っていった。


舞の家の中は、報道陣が押しかけている時も、いなくなったあとも、火が消えたように静かだった。

父の一幸《かずゆき》と母の静代《しずよ》は、葬儀のとき以外、家から出ていなかった。昼間でも家のすべての窓のカーテンを閉め、薄暗い中、何もせず、たまにテレビを点けて見ているだけである。日々の食べ物はとなりの市に住む母の妹、つまり舞の叔母が買って届けてくれた。一幸は事件以来、仕事も休んでいる。

舞は、ずっとリビングにいる二人にできれば付き合いたくなかった。でも学校に行き始めた自分が一番冷静な気がして、二人を見張るような気分で、家ではなんとなく一緒にリビングにいた。

この日も学校から帰ってくると、二人はリビングにいた。一幸はソファーのいつもの位置に座り、静代はリビングの絨毯《じゅうたん》のいつもの位置に座っていた。今日はテレビは点いていなかった。

「ただいま……」

そう言うと、静代がさびしそうな顔を向けた。

「おかえり。……外に、まだ誰かいるの？」

「……今はいない」

「そうねー……」

舞はダイニングテーブルの、二人が見える椅子に座った。

一幸が前方をぼんやりと見たまま、静代に訊《たず》ねた。

「それで、警察から何か連絡はあったのか？」

静代は答えない。一幸は苛《いら》立《だ》ちを湧き上がらせた。

「何やってるば、沖縄県警は!! ひき逃げの犯人ぐらい、すぐに見つかるだろ!!」

静代がつらそうに眉根を寄せた。

「やっぱり……なかなか見つからないってことは、基地の中に……」

一幸が顔にあせりの色を浮かべる。「そんなこと、考えるな！」

すると静代は一幸をまっすぐ見た。

「でも、もしそうだったらどうするわけ!? あなた今までみたいに、基地の中へ仕事に行けるの!?」

静代と目が合い、一幸は言い淀《よど》んだ。一幸は浦添《うらそえ》市にある設備会社に配管工として勤めている。会社は米軍の審査をパスした特別な許可を受け、基地内の施設設備の修理などを主に請け負っている。

静代は問い詰めているというよりも、切実で不安そうな目で一幸を見据えていた。その気持ちを察した一幸は苦渋の顔で視線を逸らした。

「それは、そうだった時に考える」

「でも考えておかないと！　だってもしそうだったら、あなたもう基地には行けないさ！　行かなくてもいいような仕事に替えてもらえるの？」

舞はいつもと違った様子に思わず椅子から立ち上がっていた。

「だから、まだそうと決まったわけじゃない！　先にそんなこと考えても仕方ないだろ！」

「でも！」

舞はそのやりとりを、子供の自分が聞いていてはいけないような気がした。そこでカバンをつかんでリビングから出て行くと、黙って二階へ上がった。

自分の部屋に入る。カバンを床に置く。舞はそのまま戸口にたたずんだ。

もやもやした気持ちになった。基地は沖縄に、ずっとある。それがあるのがいいことか悪いことかなんてわからない。でもきっと、お父さんやお母さんだって、ちゃんとはわからないんじゃないかと思う。お父さんは基地の中に仕事に行ってお金を稼いでいる。でも基地があることに賛成だと、はっきり言ったことは今まで無い。普段、家族のあいだで基地について話すことなんて無かった。避けているというわけでもなく、なんとなく暗黙の了解で、そのことは話題にしないのが普通だった。

舞は気持ちを切り替えたくて、再び部屋を出た。

兄の部屋のドアの前に立つ。あれからお父さんとお母さんはまだここには入っていない気がした。入れない聖域のようになっている。舞は階下の様子をうかがってから、そっとドアを開けて入った。

兄の勉強机。兄のベッド。すべてがそのままになっている。

奥の壁際に、二本のギターが存在感を放って、並んで置かれていた。レスポールとストラト。兄とともに事故に遭いながら、奇跡的にも無傷だったレスポールは、舞がギターケースから出してここへ戻した。その二本はまるで、主の帰りを並んで待っているようだった。

その前に立ち、黙って見つめた舞は、レスポールのほうを手に取ると、兄の机の上にあるノートパソコンも抱えて部屋を出た。階下を一度覗いてから自分の部屋にそっと戻る。ベッドに座り、レスポールを膝の上で抱えた。そしてノートパソコンを開いてベッドの上に置いた。

　じつはこれまでも、勝手にこういうことをしていた。兄の部屋からギターとノートパソコンをこっそりと持ち出して、兄が作ったデモのデータを聴きながら、ギターを弾いてみる。このノートパソコンは二人で使うために父が買ってくれたものだから、舞にも立ち上げることができる。ただ、舞は普段スマホがあれば不自由しないので、兄ばかりが使っていた。

　舞は自分のスマホ用のイヤホンをノートパソコンに挿し、そのイヤホンの片方だけを片耳に挿した。片耳だけにしたのは、親が突然ドアをノックした場合に備えるためだ。一幸は慎司がヒマさえあればギターを弾いていることを嫌っていた。自分もやっていると知れたら面倒だ。兄は家ではだらしがなくて、あれでもし学校の成績が良くなかったら、父を怒らせてギターを取り上げられていたかもしれない。

　舞は膝に載せたギターを構え、パソコン内の音楽再生ソフトを立ち上げた。曲名を書いたいくつものファイルがずらりと表示される。カーソルを動かし、どれを再生させようか考える。

　ところが、パソコンの画面上を移動していたカーソルが、表示されているファイルの一番下のところでぴたりと止まった。

舞はそのファイルをじっと見つめた。眉をひそめる。見たことがないファイル名だ。

初めて見るデモのファイル。

これは……まさか……

心臓がどくんと鳴るのを感じた。クリックしようとする自分の指先が、わずかに震えた。

再生してみた。イヤホンを挿している舞の片耳に、ギターでシンプルにコードを爪弾きながら、鼻歌でメロディーを歌う慎司の声が聴こえてきた。兄の声が口ずさむ、聴いたことのない旋律。心がもう一度、どくんと跳ねた。間違いない。これは、兄が残した新曲だ。

13

トーストの載った朝食の皿を持って来ながら、慶子が訊いてきた。

「そういえばあんた、マブイは拾って来たねー?」

亮多の家に父親はいない。朝食はいつも母の慶子と二人だ。慶子は寝起きのぼさぼさの長い髪に、年甲斐もなく真っピンクの派手なパジャマを着ていた。けれど同年代の女性よりは若く見えるんじゃないか、とも亮多は思う。

マブイか……。懐かしい、と亮多は思った。子供の頃におばあによく言われた。たとえば自転車で転んでひざを擦りむいて帰って来ると、

「亮多、マブイ拾ったね？　本当にね？　拾ってきたね？　早く拾いに行きなさい。おばあも一緒に行くさ」

そしておばあと一緒に転んだ場所へ向かう道すがら、こんなふうに言われた。

「あんたはね、あそこでびっくりしてさ、魂《マブイ》落としてきてるわけよ。だから拾わんと大変なるよ」

怪我をしたり、川で溺《おぼ》れたりしたら、この島じゃそこに自分の魂を落っことすらしい。それを拾って取り戻してくるという沖縄の風習だ。

転んだ場所に着くと、そこに落ちている小石などを拾う。するとおばあは「これで大丈夫」と言って、その石を持って帰る。その石はそれからしばらくのあいだ、家のテレビの上なんかに置かれていた。

「拾ってないし」

亮多が答えると、驚いたことに慶子は目を剥《む》いて亮多を見た。

「あんたなに考えてるわけ？　ちゃんと拾っといで！」

亮多はびっくりした。「え、俺、十八だよ……」

「だからなに？　バカ！」

驚いた。高校生になっても、マブイ拾ってこなきゃなんねえんだ……

慶子は今度はソーセージや茹《ゆ》でたブロッコリーなんかが載っている皿を運んで来ながら言った。

「おばあも言ってたでしょ。あんたはあっちに魂落《マブイ》として来たんだから、ちゃんと拾っといでよ！」

「……マヨネーズ」

ブロッコリーにかけるマヨネーズを手渡しながら、慶子はまた言った。

「マブイほんとに大事だからね」

「わかったよ!!」

なんだよ。マブイ拾うのかよ。マジでか……

だが学校へ自転車を走らせながら、亮多は思い出した。病室にいた自分のところへ現れた、慎司のことを。

ああいうことがあんだったら、そういうのも大事かもな。

そんなことを考えながら、校門の前で航太郎と会い、マブイ拾えって親に言われたんだと笑ったら、航太郎は慶子よりも大きく目を見開いて言った。

「おまえシャレにならないよ!!　まだ拾ってないば!!」

おまえ……

「行くぞ、今すぐ!!」

航太郎に引っ張られ、遅刻覚悟で亮多はあの交差点へ行った。


拾ってきた小石を、亮多はバッグの奥底へ突っ込んでおいた。当たり前だ。誰かに見られて「それ、何ね?」とか訊かれたら、まさか「マブイ」とは言えない。マブイ持って学校来るやつなんて、どんなやつよ。

放課後になった。マブイのせいで思い出した慎司の姿が、その日はずっと消えなかった。まっすぐ帰る気分になれなくて、校舎の屋上へ行った。

青空の下にある屋上には、他に誰もいなかった。バッグを枕にして寝そべる。背中で地面の太陽の熱を感じた。

ここには慎司と来たこともある。「学校なんて、つまらん」と俺が言うと、「いや、そうでもないけど」とあいつは答えた。いや、そこは合わせるところだろ。ホントあいつは、頭の硬いやつだった。

抜けるような青空を寝そべったまま見つめても、亮多の気分は晴れなかった。このまま背中が地面に沈みこんで、地球の裏側まで落ちて行きそうな気がした。クソッ、やってられん、と亮多は思った。やってられん、こんな世界！

その時だった。

すぐそばに誰かが立ち、寝そべっている亮多を見下ろしてきた。亮多は、ン？　と空と一緒に見上げた。

舞だった。眉根をきゅっと寄せ、頑張ってすぐそばまで来たという顔をしている。

「あのッ!!」

なんだ？　こいつが俺に話しかけてきたことがあった？

「あの、ちょっといいですか！」

風で制服のスカートがはためいている。

あんまり必死そうなので、ついからかいたくなった。

「パンツ見えてるよ」

舞はハッとして、あわてて数歩下がった。

下がんなよ。見えたからって、なんなんだよ。


舞は、理由は言わず、話したいことがあるから来てほしいと言った。亮多はわけがわからないまま付いていった。

すると航太郎のクラスへ連れて行かれた。みんな帰ってしまった教室に、航太郎がひとりでヒマそうに待っていた。帰らずに待っててほしいと言われたらしい。航太郎も理由を聞いていなかった。

二人を連れて廊下を歩く舞の背中を見ながら、航太郎が亮多に訊いた。

「なに？」

けれど亮多も、「わからん」と首を傾げるしかない。

渡り廊下を通り、舞が着いたのは対面の校舎にある音楽室だった。舞はそのまま入って行く。亮多と航太郎も付いて入った。

ティンパニ。鉄琴。コントラバス。灯りの消えている薄暗い音楽室に、陰影のある楽器たちが並んでいる。楽器は黙っていても存在を主張する。音の無い音楽室は、清らかな静寂に包まれていた。ここは特別な空間だ。

三人は、まるで秘密の作戦会議でもするように向き合った。亮多が眉をひそめる。

「なに？　どうした」

すると舞はポケットから自分のスマホを出した。画面を表示させ、二人に見せる。

「この曲が、お兄ちゃんのPCにあったんです」

舞は、パソコンから移してきた音楽ファイルを再生した。スマホのスピーカーから、コードを爪弾くギターの音と、鼻歌でメロディーを歌う慎司の声が流れ始めた。

亮多と航太郎の顔が険しくなった。突然慎司の声と音楽がそこに降りてきたからだ。けれど二人は感傷に浸《ひた》ることなく、音楽室にささやかに流れるそのうたに耳を傾けた。

聴いたことのないメロディー。

「え……なにこれ……」つぶやく航太郎に、亮多も眉根を寄せた。

「聴いたことない……」

「たぶん作ったばっかりだったと思うんです。自分も聴いたこと無いし」

亮多は目を丸くして舞を見た。

「え？　何おまえ、慎司の曲全部聴いてたわけ？」

亮多と航太郎が驚いて見たので、舞は黙った。

「へえ。なんか意外。ま、いいけど。で、これが何？」

慎司の歌声が流れ続けている。

「この曲、演奏してほしいです」

「演奏？　なんで」

舞は顔を翳《かげ》らせた。「だって、この曲だけ演奏されないって、可哀想だから……」

亮多は苦笑した。

「演奏って、そんなの誰がするわけ」

すると横から航太郎が勢い込んで言った。

「やろうよ、亮多！」

「は？」

「俺たちで!!」

「俺たち!?　なに言ってる。ギターいないし。あ、ベースも」

「ギター誰かいるって！」

「誰もいねえよ！　もうみんな学祭に向けて練習してるさ！　そんなの余ってるやつ……！」

と、そこまで言って、亮多と航太郎は言葉を切った。

舞が後ろに置いてあったギターを取って二人の前に戻ってきた。口をきつく横に結び、緊張した顔をしてギターを肩から提げると、ネックの弦に挿してあったピックを取る。

舞が提げているのは慎司のレスポールだ。亮多と航太郎は当然それに気づいた。

舞は脇に置いたスマホのデモをもう一度再生させた。慎司の歌声とギターが再び最初から流れ始める。すると舞はアンプに繋いでいないギターを、それに合わせて弾き始めた。

亮多と航太郎は驚いた顔で聴いた。舞はデモの中で慎司が弾くコードをぴたりとトレースしていく。アンプに繋がずに奏でるギターの弦の音は、音量がないせいで慎《つつ》ましやかに周囲に響いた。音楽室の静謐《せいひつ》さが増していく。まるで天から降りてきている慎司の歌声に、舞が弾く現実のギターの音色が重なっているように聴こえた。

亮多が思わずつぶやいた。

「へえー、おまえ、弾けるんだ……」

するとその瞬間、航太郎が音楽室から飛び出して行った。

＊

音楽室から駆け出た航太郎はそのまま渡り廊下へ向かうと、全速力で渡り廊下を駆け抜けた。対面の校舎に飛び込む。教室が並んでいる廊下を全速力で走り抜けていく。その顔には希望を見つめる笑みが浮かんでいた。

階段を三階から一階まで一気に駆け下りる。途中の踊り場ですれ違った教師に「走るなぁッ!!」と怒鳴られたが無視した。校舎から屋外へ飛び出すと、迷わず校内の奥のほうへ向かう。中庭を疾走して行く。軽音楽部の部室に向かって。

部室の前にはいつものように練習の順番を待っている部員たちがたむろしていた。その中に大輝の姿が見える。航太郎は一直線にその大輝に向かって走って行った。

「大輝!!　大輝大輝ッ!!」

ぶつかりそうな勢いで走って来た航太郎に、大輝も、その場にいる他の部員たちも驚いた。突っ込んで来た航太郎は勢いそのままに大輝の腕をつかんだ。

「慎司の、慎司の新しい曲があったんだよ!!」

「は!?」

「やろう!!　もっぺんやろう俺たちで、な!!」

「え、な、なんだわけ……」

「いいから来い!!　な、いいから来いって!!」

航太郎は大輝を引っ張って行こうとする。

「ちょっ、ちょっ待てよ！　待てって!!」

大輝はその腕を振り払った。航太郎は拒絶されて驚いた。

「は？　なに言ってんだよ。俺もう健吾《けんご》たちのバンドに入ったからさ」

大輝の今のバンドメンバーたちが航太郎を見ている。困惑している大輝の目。航太郎はそこで初めて我に返り、周囲の部員たちを見た。

「あ……ごめん、悪かった。でも……」

「でもじゃないいて。俺、学祭まで時間ないわけよ。俺あとから入ったからさ、みんなより練習しないと間に合わないから」

航太郎は冷水を浴びせられたような気分になった。

「いや、無理だな、俺は」

航太郎に背を向けた大輝は、今のバンドメンバーたちの輪に戻った。そのメンバーたちが憐《あわ》れむような、あるいは少し責めるような目で航太郎を見ている。航太郎は言葉を失って立ち尽くした。

航太郎が地面に視線を落としながら元来た道を重い足取りで戻って来ると、音楽室にはギターを下ろした舞がひとりで待っていた。

「あれっ、亮多は？」

舞はさびしそうな顔をしたまま、答えなかった。

＊

亮多は自転車で校門から出ると、長い坂を下った。歩きで下校している他の生徒たちを追い抜いていく。前方を見つめるその顔は険しかった。

ペダルを漕ぐ。スピードを上げる。いつのまにか周囲に他の生徒たちの姿は無くなっていた。平坦な道になって自転車を走らせ続けていると、後ろから追って来る一台の自転車があることに気がついた。航太郎だった。

航太郎はスピードを上げて亮多の横へ並んできた。亮多はムッとして、ペダルを踏む足に力を込めた。ところが航太郎は難なく亮多の斜め後ろに付いてくる。

「亮多！」

亮多は無視して前方を睨み続ける。航太郎はその背中にもう一度叫んだ。

「亮多、おまえ歌え！　俺、おまえには歌ってほしいんだよ！」

すると亮多はいきなりブレーキレバーを強く握って自転車を止めた。航太郎もあわてて止まり、少し行き過ぎてしまったので、自転車をぐるっとターンさせて亮多の横へ戻って来た。

「亮多……」

亮多は自転車にまたがったまま地面を睨んでいた。

「なあ……」

すると亮多は不意に顔を上げて航太郎を睨んだ。

「歌えるか!!」

航太郎はぎょっとした。亮多は腹の中に溜まっていたものを吐き出すように叫んだ。

「俺はな、いつも魂こめて歌ってる!!　『DON'T WORRY BE HAPPY』とか、あれはみんなをハッピーにする曲なんだよ!!　自分がそんな気分じゃないのに、そんなふうに歌えるか!!　俺は音楽にウソはつきたくないんだよ!!」

亮多の切実さに航太郎は息を飲んだ。

「そんなふうにやってもバレるわけよ!!　こんなんで……こんなんでいま歌えるわけないだろ!!」

航太郎は言葉が出なかった。思わず地面に目を落とす。すると亮多は航太郎を睨んで吐き捨てるように言った。

「おまえはいいよな、叩くだけだからな！」

航太郎はカッとして顔を上げた。自転車から降りて亮多に歩み寄ると、いきなり亮多の自転車を横から蹴った。亮多は自転車ごと倒れた。

「いってッ《アッガー》……！　おまえ、なにするば！」

起き上がった亮多は航太郎につかみかかった。航太郎もつかみ返した。亮多が蹴る。航太郎が殴り返す。二人は胸ぐらをつかみ合って地面に倒れて組み合った。

突然路上で殴り合いのケンカを始めた男子高校生二人を、通り掛かった人たちが目を丸くして見る。

「おまえら《ヤッター》、何してるば!!」

止めに入る男性が現れた。けれど亮多と航太郎は構わず殴り合っている。

「やめろ!!　やめれー!!」

別の男性も割って入ったが、二人は怒りに任せてぶつかり合うのをやめなかった。

14

「痛《アガア》え……あいつ、マジで殴りよった……」

亮多は街角にある公園に自転車を停め、ベンチに座って殴られた顔を押さえていた。航太郎は漁師の息子だ。腕っ節が強い。亮多は殴られたところに指先で触れ、「いてて……」と顔をしかめた。

ふと気づくと、亮多の前に五歳ぐらいの小さい子供が二人並んで立っていた。片方は日本人の男の子、もうひとりは黒人の女の子。二人は何してるんだろうと同じように首をかしげ、痛そうに顔をゆがめている亮多を不思議そうに見ていた。亮多はばつが悪くなり、ニヘッと笑んでみせた。すると二人は手を繋いでパッと走り去ってしまった。なんだよ……と肩透かしを食らった顔で亮多は見送った。

手を繋いだままブランコへ向かって走っていく日本人の子と黒人の子の小さな後ろ姿。するとそれを眺める亮多の目に、とある過去の光景が蘇ってきた。

＊

あれは、似たような公園の、似たようなベンチ。両耳に挿したイヤホンでデモのメロディーを聴いていた亮多は、となりに座っている慎司に目をやった。

慎司は、公園にあるブランコのほうを見ていた。幼稚園児ぐらいの子供たちと、その保護者らしき大人たちがブランコの周囲にいるのが見える。

五歳ぐらいの白人の女の子がブランコに乗って遊んでいた。漕ぐたびに細い金髪の髪が風になびく。基地の外の住居で暮らしている米軍関係者も多いので、沖縄では地元の公園に外国人の家族が来ている光景は珍しくない。そのブランコが空くのを、同い年ぐらいの日本人の男の子が待っていた。すると乗っている女の子が降りた。待っていた男の子が空いたブランコにパッと駆け寄る。日本人の子にブランコを代わってあげた白人の子は、他にも順番を待っている日本人や黒人の子たちの列の後ろに並んだ。

慎司はその様子をじっと見ていた。

亮多は片方のイヤホンを外して話しかけた。

「なに見てる？」

「え？　ああ……」顔を向けた慎司は、またすぐブランコのほうへ目をやった。「いや、ブランコがありゃ関係ないんだなあと思って。ブランコって、すごいな」

皆で代わる代わるブランコを使っている日本人やアメリカ人の子供たち。亮多はそれを見続ける慎司の横顔を見つめた。

「慎司、聴いた」

亮多はイヤホンを両方とも外した。慎司は少し照れくさそうな顔を向けた。

「ああ。どう？」

「おまえもすごい。すごいいいメロディー《デージ》」

「おお……」

慎司は照れ隠しなのかわざと素っ気なく返事をすると、またブランコに目をやった。

「なあ慎司」

「ん？」

「これさ、あの子には聴かせたね」

「あの子？」

「Lisa？」

慎司はまた照れたのか、わざと大げさな苦笑をした。

「なんでだよ。まずおまえが詞つけないとさ」

「これ、ラブソングにする」

「は⁉」

慎司がマジ？　と驚いた顔で亮多を見た。え、なんでそんなに驚く？

「なに」

「おまえが？」

「うるさい」

二人は笑いあった。

ブランコには、人種も国籍も関係なく子供たちが集まっていた。人を好きになれば、あのブランコのように、関係なくなる。フェンスなんて消えると思った。


そうして、あのうたが生まれた。

あの時の慎司とブランコの子供たちのことを思い出した亮多は、気がつくとそのままあのフェンスに来ていた。慎司とLisaが会っていた場所。慎司の家から少しだけ離れ、ちょっと死角になっているフェンスの前だ。

すでに陽は傾き、基地内の芝生にフェンスの長い影が落ちていた。金網の向こうに広がっている芝生は、腹が立つほど美しい緑色をしている。

亮多は金網の向こうに見えるLisaの家を眺めた。その位置から見えるLisaの家は、すぐにそこへ行けそうに思えた。けれど決して、まっすぐそこへ行くことはできない。それは沖縄の歴史を背負った距離だった。

Lisaの家が基地の居住区の一番端にあったのはたまたまで、慎司の家がLisaの家の前のフェンスを隔てた向かいにあったのもたまたま。そして二人はフェンスを挟んで、たまたま出逢った。出逢いなんて、ほとんどがそんなたまたまで出来てる。

でもあいつは、いいたまたまと出逢ったよな、と亮多は思った。チクショウ、俺もそんなたまたまと出逢いたかったぁ！　二つのイヤホン一緒に挿してえ！　まさかそんな相手がフェンスの中にいると思わなかったわ！　そんな目でフェンスの中、見たことないて！

そんなことを心の中で叫んで、その場を離れようとすると、「Ryota!?（リョータ!?）」という高い声が飛んできた。亮多はびっくりして足を止めた。見るとフェンスの向こう側に、歩み寄ってくるLisaの姿があった。亮多が見ていたLisaの家の方向とは別のほうから、驚いた顔で歩み寄ってくる。亮多はあせった。

「えっ!?　あっ……!」

「Ryota... Ryota... is that you?（リョータ……リョータじゃない?）」

「お、おおお〜!!　ぐ、偶然!!　Hi!!（やあ!!）」

　笑顔がひきつる。

「How are you?（元気?）」

「Good!... How are you?（元気!　……元気?）」

「Well...（うん……）」

　二人はフェンスを挟んで、ぎこちない笑みを交わした。なんか不思議だ、俺もこの子と話してもいいんだ。いや、当たり前か。

　するとLisaは突然、表情を曇らせた。亮多が理解しやすいように、単語を区切ってゆっくりと話す。

「Actually, I was hoping to tell you something.（そうだ、じつは、話したいことがあったんだ）」

「え?　何?　Tell me!（言ってよ!）」

「Umm, I'm leaving Okinawa, soon.（あのね、私もうすぐ、沖縄を離れる）」

「えっ?　leaving?（離れる?）」

「In one month, I think. My father's transferring.（あと、一ヵ月かな。パパが異動なの）」

最後の英単語が難しくてわからなかった。

「Transfe…?」

Lisaは丁寧に発音して、亮多がわかるような英語を使って言い直した。

「Transferring. Umm… we're going back to the States. Back to America.（異動。えっと……ステイツに帰るの。アメリカに帰る）」

「ああ、そうなんだ……」

不意に亮多は、Lisaが何か大きな力で遠くへ持っていかれるような気がした。急にフェンスの存在を感じる。ダメだ、と直感的に思った。慎司のためにも、この俺がこのつながりを守らなきゃダメだ！

するとLisaが続けた。

「Yeah… did you know? Shinji asked me to come, see your band, play.（あのね、じつはシンジ、誘ってくれてたんだ。バンドで演奏するの、見に来てよって）」

「えっ？」

亮多は息を飲んだ。なんだ、あいつ、誘ってたのか。もうちゃんと、バンド見に来てくれってたんだ。なんだ、言えよ。そういうことはちゃんと。

Lisa は亮多に少し寂しそうな笑みを見せた。

「I'd have been able to see you sing, too, if I'd gone. It's too bad.（もし行けてたら、あなたが歌うのも聴けてたのにね。残念）」

慎司の曲を、俺たちのうたを、この子に直《じか》に聴かせることができてたかもしれなかったんだ。亮多はその事実にショックを受けた。そして次の瞬間には目の前の金網に歩み寄り、それを両手でつかんでいた。

「じゃあさ！　Come! To gakusai!（来ればいいさ！　学祭！）えっと……the school festival!! Come!!（学校のお祭り!!　おいでよ!!）」

「What?（えっ?）」

「I'm singing! Shinji's song! His song was great! And I thought, somebody needs to sing, so I'm singing!（俺、歌うんだよ！　慎司のうた！　あいつのうた、スゴイからさ、誰かが歌わないとと思って、だから俺歌うんだよ！）」

フェンスの向こうで Lisa が目を丸くした。

「So, come!! OK!? You're here, one month, right? Please come!!（だから来ればいいさ!!　な!?　まだ一ヵ月いるんだろ？　だから来いよ!!）」

聴かせてやるよ、慎司のうたを！　そんな金網越しの片方のイヤホンじゃなくて！ライブで聴いたほうがゼッタイ来るから！

このとき雲に入っていた太陽が雲間から姿を出し、周囲が明るくなった。

驚いていたLisaの顔がぱっと輝いた。

「Really!? I'll be there!!（ホント!?　うん、行く!!）」

帰っていくLisaは時折振り返り、白い歯を見せて手を振った。笑顔でそれに手を振り返す亮多は、内心、ヤベえ……と思っていた。

ヤベえ。まただよ。その場の勢いで言っちゃうんだよ、俺。で、あとで、どうしようってなるんだよ。

……どうするんだよ。誰が学祭に出るって？　バンドも無いのに。

亮多は少し離れたところにある慎司の家に目をやった。そこは舞の家でもある。

考えつく手の一つは、それだ。あいつ、もう帰ったのかな。いや、でもちょっと待てよ。さっきあんなって断ったばかりだからな。他にもなんか、やりようあるだろ。あしたまでちょっと、考えてみよう。

＊

舞は文字通り、開いた口がふさがらなかった。

家の玄関先で、亮多が深々と自分に向かって頭を下げている。「俺は演《や》る気はないから」とか冷たいこと言って、音楽室から出て行ったのは、昨日のことじゃなかった？　それがこの休日の昼間に誰が訪ねてきたかと思ったら、亮多で、いきなり、

「ごめん!!」

頭を下げてきた。しかも、「だからおまえにギター頼むこともないから」とまでわざわざ言ったくせに、今、

「ギターやってくれ!!」

あれはこのためのネタフリだったんだろうか。

舞は腹が立ったので、

「ちょっと、ここ、居といて」

突き放す口調でわざと冷たく言うと、亮多を拒むように玄関のドアを強く閉めた。が、すぐに、レスポールの入ったギターケースを背負って戻って来た。それを見た

亮多は、「おう！」と嬉しそうに口の端を上げた。

両親が気づいていないか気にしながら、舞はガレージからそっと自分の自転車を出した。

「で？　どこ行くの」

「俺んち」すでに自転車に乗っている亮多が答える。「うちの店にたしかあったはずなんだよな、ベース」

うちの店？　亮多の家は楽器店なんだろうか、などと思いながら自転車に乗り、亮多に付いて漕ぎ出す。ところが重いギターを背負っていることを忘れていて、ふらついてあわててブレーキをかけた。ギターを背負って自転車に乗るのは慣れていない。亮多が自転車を停めて待っている。舞は再びペダルに足をのせた。

15

その店の入り口には「No credit cards here. Paid cash only.」と書かれた紙が貼られていた。英語だけで、そう書かれた紙が。

店の中に入ると、舞の知らないアメリカがそこにあった。話には聞いていたけど、米兵向けにお酒を出す店に入るのは初めてだった。外はまだ昼なのに、店の中は夜のにおいがした。

亮多の母の慶子がやっているのは、かつてのAサインバーと言われる店だった。沖縄が日本に復帰する前、米軍が定めた衛生基準に合格した店に発行されていた営業許可証があった。それがAサインである。Aは「Approved（承認）」のA。それを持つ店は優良とされた。米軍は自国の兵士の健康や安全のために、基準を定めて地元の店を審査していた。沖縄の本土復帰とともにその制度は廃止されたが、当時のAサインを持っていた店は今も多く残っている。慶子の店がある界隈自体が、基地のゲートに近く、当時のアメリカの雰囲気に満ちていた。英語の看板が並び、路上で英語の会話が聞こえる。

十五席ぐらいのカウンター席と、数個のテーブル席があるだけの店内。店に入った舞は、壁じゅうに一ドル紙幣が貼られているのを見てまず驚いた。この店を訪れた客が一ドル紙幣にメッセージを書き、画鋲《がびょう》で壁に貼って残していったのだ。一枚一枚に「WE ARE HERE」「BEST BAR IN OKINAWA」などと記されている。一部の紙幣は赤茶けて色あせ、端が丸まって古びていて、それがこの店の歴史を感じさせた。

カウンターの中でタバコを吹かしていた慶子は、亮多と舞が入ってきたのに気づくと、「あら」と目を丸くした。

「おかあ、あそこにある楽器さぁ、あれ使えんの？」

亮多は店の奥にある小さなステージを指差した。そこにはドラムセットなど、いくつかの楽器が備え付けで置かれている。

「ああ、使えるけど、なんでね？」

答えた慶子は、舞のことが気になって見ている。亮多はステージへ歩み寄ると、楽器を手に取って見始めた。

舞は店内の片隅にすでに客がいるのに気づいて立ちすくんだ。相撲取りとぶつかっても勝てそうな体格の白人の男二人。見るからに米兵だ。けれどこういう店へ来ているのは、現役の米兵だけとは限らない。退役したものの、沖縄が気に入り、基地関連の仕事をしてここで暮らしている元軍人のアメリカ人もいる。

慶子は以前のオーナーから店を譲り受け、英語が飛び交うこの店を、ずっとひとりでやってきた。いったいどれだけの数の米兵が、この店を通り過ぎていったのかわからない。

先の戦争でアメリカに敗《ま》けた日本は、敗戦国となった。けれど日本の国土の中で実際に長くアメリカに占領統治されたのは、戦争末期に米軍の上陸を受けた沖縄だけだった。一九七二年、沖縄が日本へ返されるその歴史的な日まで、沖縄はずっと「アメリカ」だった。通貨も円ではなくドルが使われていた。沖縄がアメリカだったその時代から、この店はある。そのあいだにはベトナム戦争も起き、沖縄の基地から何機ものB52戦略爆撃機がベトナムへ向けて飛び立っていくのを、当時の沖縄の人は見ていた。

戦地へ行く前の米兵はカネ使いが荒かった。カネなどベトナムの戦場へ持って行っても何の役にも立たないからだ。生きて戻って来れる保証も無い。だから彼らは沖縄でカネを使い果たした。沖縄は当時、東アジア一の歓楽街だった。

この店は沖縄の歴史の上に建っていた。メッセージを書いたドル紙幣を店の壁に残して行った米兵たちが、その後どうなったのかを慶子は知らない。戦地へ行き、再び店へ姿を現した者はいなかった。

店のステージにあったベースギターは、フェンダーのジャズベースだった。そこそこ値の張る良い物である。多くの米兵がここでその生演奏を聴きながら飲んだ。亮多はそのジャズベを肩から提げ、弦を弾いてみたりした。ギターは少し弾ける。でもベースはやったことがない。

「んー、やっぱ俺がやるしかないのかなー。けどできるかや……」

顔をしかめている亮多のところへ慶子が来た。

「ま、しゃーないか。なあ、おかあ、これ借りようね」

すると慶子はニヤニヤして亮多を覗き込むと、脇腹を小突いた。

「ちょっとあんた、可愛いさ」

「は？」

慶子は店の入り口に立って待っている舞に目を向けた。

「あんたはホント、そういうの全ッ然ダメだと思ってたけど、やるねぇ」

目を細めて舞を眺める。慶子が見ているのに気づいた舞は、思わず会釈《えしやく》した。慶子が嬉しそうに手を振る。それを見て亮多はムッとした。

「は？　なに言ってる。あれ、慎司の妹」

「えっ!?」

慶子は驚いてまた舞を見た。再び目が合った舞は思わずもう一度会釈した。亮多はムカついて、提げているベースを慶子に突き出した。

「これ、借りるからよ!!」

＊

ジャズベが入っているギターケースが前を走っている。それを背負って自転車を漕ぐ亮多の背中を見ながら、舞は自転車を走らせた。自分もギターケースを背負っている。

やがて前を行く亮多の前方に海が見えて来た。海風が正面から顔に吹き付けてくる。亮多の自転車は港へ向かって下りていく坂道へ入って行った。舞も続く。堤防の近くまで下って来ると、防波堤の内側に何艘もの漁船が連なって停められているのが見えた。すいすいと港の中を走っていくギターケースを背負った背中に、舞はただ付いていった。

しばらくすると前方に、サバニが入り口の前に置いてある家が見えて来た。サバニというのは沖縄の伝統漁などに使われる木造の細長い手漕ぎの船である。全長は六メートルほどで、幅は人ひとりか二人が座れるほど。近年ではレースなどのイベントにも使われている。

裏返して置いたサバニの船底にホースで水をかけて洗っている男の姿が見えた。シャツをまくっている陽に焼けた肌が見える。亮多はそれを見て自転車を停めた。舞もそのとなりに停める。そこで初めて舞は、サバニを洗っているのが航太郎だと気がついた。

「航太郎!!」

亮多が呼んだ。航太郎が手を止めて向く。航太郎は両方ともギターケースを背負っている二人の姿を見て、目を剝いた。だがやがてその顔は、駆け出して来そうな笑顔に変わった。

三台の自転車が連なって疾走していた。

ベースが入った大きなギターケースを背負っている亮多の後ろに、レスポールの入ったギターケースを背負っている舞が続く。そしてしんがりを、前を行く二人を嬉しそうに見ながら航太郎が走っていた。

三台の自転車は海から離れると、次の目的地を目指して風を切って走った。

＊

宜野湾にあるライブハウスの前に亮多たちは自転車を停めた。舞は自転車を降りながら初めて来た建物を眺めた。ここは？　だが亮多たちは勝手知ったる様子でさっさと入り口へ向かう。

入ってすぐのカウンターで根間が新聞を見ていた。

「こんにちわー。根間さん、スタジオ、空いてる？」

入ってきた亮多を見た根間は、「おおっ!?」と目を丸くした。

亮多はギターケースを背負っている。その後ろからギターケースを背負った舞が入って来た。そして続いて入ってきた航太郎が、根間に向かって笑顔で親指を立てて見せた。

それで十分だった。こいつらが戻って来た。

「おお、おおっ!!」

根間はあわてて新聞を置いて立ち上がった。

舞は初めて入った練習スタジオを緊張した顔で見回した。置かれている数台の大きなアンプ。床に渦を巻いているコード。航太郎がドラムセットに座って調整をしていて、亮多はベースを肩から提げてコードをアンプと繋いでいる。

根間が嬉しそうな顔でセッティングを手伝っていた。舞の前にあるマイクスタンドのマイクを舞の口の高さに合わせて固定してやる。それから根間は三人を見て目を細めた。

「スリーピースか、上等だなー」

スリーピースというのは三人編成のバンドのことだ。

「しかも男二人に女一人で、女の子がギターって、珍しいな」

「けど俺、できるかやー……」

ベースを提げた亮多がマイクスタンドのマイクに口を近づけながらぼやく。スリーピースだとメインボーカルの亮多はベースを演奏しながら歌わなければならない。

「いい、いい。上等」

「ホントすか?」

「ああ。かっこいいよ」

「そっか」

亮多はすぐに気分良さそうな顔をした。単純だ。

「しかも妹さんも弾けたんだねー。そっかー」

根間が嬉しそうな顔で見たので、舞はギターをチューニングしながら緊張した。

「ギター、重くない？」

「あ、ちょっと重いです」

「そうだろ。重いんだよ、レスポールとか」

亮多が舞を見て苦笑する。「でもなんか、ヘンな感じ」

「ん？」と根間が訊き返す。

「いや、こいつがギター持ってんのが。なんか、そーゆーことするやつと思わなかったんで」

舞は思い出した。そうだ、学校では自分は、かなりおとなしいタイプに見られてたはずだった。

根間が満足げに舞を見る。

「いいさぁねー、誰がギター弾いたって。ほら、ちょっと鳴らしてみてよ」

足元のチューナーを踏んでミュートを切ることを根間が教えてくれた。言われた通りにチューナーを踏んでから、手に持ったピックで一つのコードをガアーンと鳴らしてみる。すると自分の背後にあるギターアンプから圧力を感じる大きな音が出た。

思わずハッと振り向いた。新鮮だった。家でギターをこっそり爪弾いていた時は大きな音は出せない。これが本当のギターの音だと思った。気持ちいい。

舞の様子を見て、ドラムセットの航太郎が笑んでいる。

亮多は真剣な顔でベースの指の動きを確認し始めていた。

舞は足を少し開いてあらためて床を踏んで立つと、ギターを構え直した。ネックを握る左手とピックを握っている右手に目を落とし、指の動きを確認する。そして軽くフレーズを弾いてみた。

なんとなくまずは、兄の曲。タイトルは『あなたに』。勝手に練習していたその曲の出だしのギターフレーズを弾いてみる。

アンプからギターらしいかっこいい音が出た。いい。

次に『DON'T WORRY BE HAPPY』も試してみる。出だしのギターフレーズをかき鳴らしてみる。舞は弾いたギターフレーズがアンプから聴こえるのが楽しくて思わず笑んだ。

ところがそこで、他の三人が絶句した顔で自分を見ているのに気づいた。

「え?」

亮多が驚いた顔のまま口を開く。

「なにおまえ、慎司の曲、全部入ってるわけ?」

「あ……」

舞も固まった。ヤバい、楽しくて、調子乗った。

「ちょっと、ちゃんと弾いてみてよ」

根間にうながされ、舞は観念した。隠れて練習してたことはもうバレた。

そこで、自分が今どれぐらい弾けるのかをさらけ出しておくためにも、舞は覚えている限りの兄の曲を弾いた。航太郎がドラムで軽くリズムを取り始め、亮多がボーカル部分を歌ってくれた。それに合わせて舞は、ほとんど全部、バンドの持ち歌を弾いてみせた。

弾き終えると「おお～！」と三人が拍手した。航太郎が声を弾ませる。

「なんだ、あと少しで形になるさ！」

亮多はハッと気づくと、あわててベースの指の確認を始めた。

「なんだよ、じゃあヤベえの俺だな……」

根間が愉快そうに三人を見る。

「けどよ、なんでこの三人でやることになったわけ」

「あ、それはお兄ちゃんの新しい曲があって――」

答えかけた舞に、亮多が言葉を重ねた。

「あ、今度俺ら、学祭出るんすよ」

「えっ!?」

舞と航太郎はびっくりして亮多を見た。亮多は二人の反応に、逆に、あれっ？　という顔をした。

「学祭？」と航太郎。

「あれっ、言ってなかったっけ。俺ら出るよ。学祭」

「ウソ!?」と舞。

亮多は悪びれず、え、なんかマズい？　とキョトンとしている。

「えっ、おまえそれ、先生に言った？」

航太郎に言われて、亮多は初めて、あ……という顔をした。

16

「お願いしますッ!!」

亮多と舞と航太郎は一斉に頭を下げた。放課後の職員室前の廊下。軽音楽部顧問の諸見里に向かって頭を下げている三人を、通り掛かりの先生や職員室を訪れた生徒たちが何やってんだと見ていく。腕組みしている諸見里は顔をゆがめた。

「なに言ってるの、遅いよ‼」そしてジロッと舞を見る。「だいたいあなた部員だったっ？」

舞は書いてきた入部届をサッと差し出した。

「入部します！」

「もお〜‼」

そこへ、聞き覚えのあるイヤな声が飛んできた。

「んん？　どうかしたんですか、先生」

皆が見ると、職員室の後ろの扉から与儀が顔を覗かせていた。亮多は目を細めて睨んだ。出やがったな、天敵。いや、ラスボス。

かりゆしウェア姿の与儀は職員室から出てくると、悠然とこちらへ歩いてきた。

「またなんか、こいつらがやらかしたんですか」

「あっ、いえ、違います。なんでもないんです！」

面倒なことにしたくない諸見里が取り繕《つくろ》おうと手を振る。が、もう遅い。こいつは介入する気まんまんだ。亮多は冷ややかに与儀を見た。考えてみりゃこいつは諸見里先生が関係してることにはだいたい首を突っ込んでくる。じつは気があんじゃないのか？

諸見里がしぶしぶ亮多たちの申し出のことを話すと、与儀は間髪入れずに雷を落とした。

「何を今ごろ言ってる!! 他の部員たちが困るだろ!!」

廊下の空気が震え、かなり遠くにいた生徒たちまでこちらを見た。諸見里が青い顔で周りを気にして取りなそうとする。

「あ、でも、先生……」

「まあまあ」与儀はヘタな役者みたいに鷹揚《おうよう》な言い方で諸見里を退けると、再び亮多たちに向いた。

「いいか、各部発表の時間は決まってる！ その時間の中で、他の部員たちは曲を決めて練習してるんだろ！ おまえたちが今言い出したら、それが無駄になるだろ！ わかるか!? そうですよね、先生？」

「ええ、まあ、そうなんですけど……」

亮多は視線を落とした。くやしいけど、それはその通りだ。全部のバンドがもう演る曲を決めて練習している。もしかしたら今からそれを変えさせることになるかもしれない。クソッ、ダメか。俺たちは学祭、無理なのか……

ところがその時、亮多のとなりにいた航太郎がいきなり前に進み出た。

「じゃあ、他のみんながいいって言ったらいいですか！」

与儀と諸見里がぎょっとした。亮多と舞も驚いて航太郎を見る。

「なに？」

与儀が睨んだ。逆らう気か、おまえ、という目で。その威圧に、航太郎は怖じ気づいた。だが、再び気を奮い立たせると、さらに身体を前へ出して睨み返した。

「頼んでみます‼」

＊

与儀に刃向かった勢いのまま、航太郎は部室へ向かった。亮多と舞は驚いている顔のまま付いていった。

部室の前にはいつものように、自分のバンドの練習の順番を待っている部員たちが、それぞれのバンドごとに固まってダべっていた。その中に部長の友寄の姿があった。航太郎はまっすぐ友寄のもとへ行くと、話があるからこの場にいる全員を集めてほしいと頼んだ。

友寄は航太郎の真剣な様子に、部室内で練習中だったバンドを中断させてまで全員を集めてくれた。すると航太郎は居並んだ部員たちに向かって、今からで本当に悪いけど、自分たちのバンドも学祭のプログラムに入れてほしいと告げ、いきなり深々と頭を下げた。

「頼む!!　マジでお願い!!」

部員たちは唖然《あぜん》とした。航太郎の後ろにいる亮多と舞も目を丸くしたが、ハッと気づくと、あわてて航太郎とともに頭を下げた。部員たちは戸惑って目を見合わせた。友寄が弱った顔で皆に訊く。

「あー……どうする？」

「どうするってー……」

友寄は頭を下げている航太郎に顔を戻した。

「先生、なんて言ってるわけ」

航太郎は頭を上げてまっすぐ友寄を見た。

「先生よりもみんなのOKをもらいに来たんだよ」

友寄はさらに困って顔をしかめた。航太郎は誰に対しても気持ちのいい印象を与えている。部員の誰も、航太郎のことは悪く思っていない。

「んー……まあじゃあ、なんとかするかー……」

「マジ!?」叫んだのは亮多だった。

「ちょっと待て！」友寄の横にいた宮平《みやひら》が止めた。「おまえはまたなんかやらかしそうだな」

亮多はヤベッと思って後ろに下がった。「いやッ!!　しないしないい、ゼッタイしない」

航太郎も「マジか!?」と友寄に詰め寄った。

「お？　おお……」

「ありがと、ホントありがと!!」

友寄の両手を強く握って感謝する。

「あ、ああ、まあいいって。じゃあまあ、みんな、ちょっと曲考え直すか。これなんかの時間、作らんと……」

「ありがとな!!」航太郎は笑顔で皆を見回した。「ありがと!!」

他の部員たちは「おお……」と、仕方ないなといった様子で苦笑した。

航太郎は亮多と舞を見た。三人は「やった」という笑みを交わした。

だがこのとき亮多は、部員たちの中に大輝がいるのに気がついた。航太郎と舞も気づいて見る。大輝は気まずそうな表情で視線をそらすと、ばらばらと散っていく部員たちとともに立ち去った。三人は何も言えずに見送るしかなかった。

＊

部員のＯＫがもらえたことを職員室に報告に行くと、諸見里は静かに言った。

「そう、みんながいいなら」

三人はあらためて、「よしっ！」と笑顔を交わした。だが……

「でもね、真栄城くん、前から言いたいことがあったの」

亮多はドキッとして諸見里に向いた。舞と航太郎もハッとして諸見里を見る。

「あなたたちのバンドが、実力も人気もあるのは知ってる。でもだからって何してもいいってわけじゃないさぁね？」諸見里は優しい口調で、だが真剣に諭《さと》した。「部活なんだから。他の部員のことも考えないと。あなたたちが勝手なことしたせいで休部になりかけたこと、今まで何回あった？」

亮多はいつになくその叱責が身に沁《し》みた。反省して神妙な気持ちになる。

「好きにやりたいんだったら、自分たちだけでやればいいさ。部でやるんだから、みんなのこと考えなさい」

「はい」

「学祭までは、対外活動とか禁止！　学祭だけに集中して！」

「わかりました」

「よし。じゃあプログラムは作り替えとくから。行ってよし」

三人の顔が再びぱっと輝いた。三人で諸見里に向かって一斉に深く頭を下げると、喜びが隠せない様子で職員室から出て行った。

＊

舞は、いざ軽音楽部の部室へ入る段になって、そういえば自分がそこに入ることがあるなんて思ってなかったと気づいた。学校の中には、まだ入ったことの無い場所がある。軽音楽部の部室もその一つだった。今までは、そこへ入る理由が無かった。

友寄が部室練習のルーティンにも入れてくれたので、この日初めて、その順番が回って来たのである。入る前に亮多が、

「まあ、遠慮せず入れよ」

まるで自分の家みたいに言った。

舞は狭い部室内へ入ってみて見回した。置かれたままのドラムセットと、雑然と並んだアンプやスタンドマイク。周囲の棚にごちゃっと入れられている機材たち。運動部の部室に似た、少しすえたにおい。亮多と航太郎がさっさと楽器の準備を始めたので、舞も持ち込んだギターケースからレスポールを出した。これからはここへも、何度も来ることになる。

三人はお互いに向き合う練習のポジションになった。ベースを提げて立つ亮多とギターを提げて立つ舞。ドラムセットの航太郎に向いた二人の前にはスタンドマイクがあり、座っている航太郎の口元にもマイクが来ている。全員で演奏し、全員で歌うのだ。三人は目を見合わせた。

「行くよ?」航太郎が訊く。

「おう」亮多がベースの弦を押さえる自分の左手の指を見ながら答えた。

航太郎がスティックでカウントした。三人は思い切り自分の楽器から音を出した。

演奏を開始し、何度も演奏を止め、何度も再開する。何度も何度も何度も航太郎がスティックでカウントする音が繰り返された。

演奏を停止させるのは、亮多が多かった。

「あーちょっと待って!!　ちょっとごめん、わるい!!　ストップ!!」

舞がピックをギターの弦から離す。航太郎がスティックを握る手を止めて亮多を見る。疾走していた音楽が消えた。亮多は自分の前の譜面台に置かれた、歌詞にコードを書き込んである紙を覗き込んで顔をしかめた。

「クッソ、大輝のヤツ、ここどーやって入ってたんだよ!?」

ベースの指の動きを確認する。歌いながらベースを弾くことに想像以上に苦戦していた。

「あ〜、むっず!!　スリーピースむっず!!」

「でもおまえ握力あるからさ、ベースむいてるよ」

航太郎が言うと、「そーか？」と亮多。

「いい音出てる」

亮多は気分良さそうな顔をした。単純だ。

「でもやっぱ大輝とはちょっと音違うよや？」

亮多は提げているベースを示した。

「それって、このジャズベのせいちがう？」

「そうかねー。あいつなんだったっけ。あ、スティングレイか」

「よっしゃ、もう一回行こうか」

航太郎が再びスティックでカウントした。舞はピックでギターの弦を弾いた。アンプから自分たちの音が飛び出した。

「あのさ、舞。なんかもっと、大きく手ェ振っていいと思う」

小休止の時、ドラムセットから航太郎が言った。ギターを提げたまま立ってペットボトルの水を口に含んでいた舞は、航太郎に向いた。

「たぶんいつも座って練習してるからだと思うけどさ、立って演《や》んだから、もっと！　なんか！」

航太郎は大きくギターをかき鳴らす真似をする。

そっか、そうだよね。家ではいつも座って弾いてるから……。舞は飲んでいたペットボトルをアンプの上に置くと、ネックの弦に挿していたピックを右手で取った。チューナーを足で踏んでミュートを切り、強めに弦を弾いて音を出してみる。

「こう？」

「んー。もっと」

両足でしっかり立ち、もう一回コードを鳴らす。

「おっ、いい音！」亮多が反応してにやりとした。航太郎も笑んで言う。

「オッケ、そろそろ行く？」

航太郎は片手でまとめて持っていた二本のスティックを一本ずつ両手で握った。

「よっしゃ！」

ベースを構え直した亮多が、気合を入れるように両肩を回した。舞はそんな二人を見て、不思議、居心地がいい、と思った。ここにいる、自分のポジションが。

舞は自分のスタンドマイクに近づくと、「あー」と声を出してみた。亮多と航太郎が見る。舞は右手のピックを弦に当てて構え、航太郎を見た。演奏準備、ＯＫ。

航太郎がいつもの笑顔で、両手のスティックを掲げる。強くカウントするスティックの木の音が響いた。舞はさっき言われた通りに大きく手を振って、最初の一音を強く出した。

17

その話を持ち出したのはNatalieだった。

「あのひき逃げの事件、どうなってるの？」

あ、イヤな話題が始まった、とLisaは思った。

「さあ、とくに聞いていない」Kyleが答える。

「まだＭＰが調べてるんでしょ?」

「ああ」

ＭＰとはMilitary Police、米軍内の警察組織のことだ。

両親は時々思い出したように、あのひき逃げ事件のことを話題にする。いまだに解決していないし、ゲート前で基地に反対する人々との衝突が大きくなって、司令官から外出禁止令まで出た。あの事件のせいで自分たちにも影響が出始めているのだから関心があるのは当然だけど……。しまった、やっぱり自分の部屋にいればよかった、とLisaは思った。

部屋にこもっていると、母のNatalieが呼んだ。

「Lisa、ライスクリスピーを作ったからおいで」

マシュマロを使ったライスクリスピーは、Lisaが一番好きなお菓子だ。両親は、なにが理由かわからないが最近ひどくふさぎ込んでいるLisaのことを心配していた。だから、あまり心配させるのはよくないと思って、リビングへ来た。すると何も知らない両親はLisaの前でその話題を始めた。ソファーに座っていたLisaは飲んでいた紅茶のカップをテーブルに置き、クッションを抱きかかえてソファーに深く背中を沈めた。

「本当に、基地内の人じゃなきゃいいけど……」

Natalie が顔をしかめる。ひき逃げを起こした犯人のことだ。

「なぜだ？」

「だってもしそうだったら、一部のそんな人のせいで、私たち全員の印象が悪くなるわ。私たちの行動だって、もっと制限されることになるでしょ？」

「そうだな。だが俺は基地の人間じゃないと思うがな」

「あらそう？」Natalie は興味深そうに Kyle を見た。「どうして？」

「考えてもみろ。自転車をはねたんだぞ？　車が無傷なはずがない。そんな車で基地へ戻って来たらすぐわかる」

「でも、車を外で捨てて来てたら？」

「だったら車で出て、徒歩で帰って来たやつを探せばいい。いずれにせよ、いまだに見つからないんだ。基地の中にはいないはずだ」

Natalie は大きなため息をついた。

「だといいけど」

Lisa は黙って立ち上がり、自分の部屋へ向かった。二人は目を丸くし、Natalie が

「Lisa？」と呼んだ。だがLisaは答えずに自分の部屋へ戻っていった。大好きなライスクリスピーは二口ぐらいしか食べていなかった。

部屋へ戻ったLisaは、ベッドに座った。

ベッド、デスク、チェスト。この室内は可愛い調度品でしつらえられている。だけどどれにも愛着は無かった。以前この基地に来ていた人が置いて行った物を、軍が保管している場所がある。沖縄に来た二年前に、その中から探して選んできた家具。そして自分が沖縄を離れる時には、またここへ置いていくであろう物である。

Lisaは窓へ歩み寄った。

広い芝生の先に、細長いフェンスが小さく見える。数日前、あそこでリョータが「学祭に来いよ！」と誘ってくれた。「慎司のうたを演るから」と。

あの時は喜んで「行く！」と答えてしまったけど、どうやって行こうか。両親にはフェンスを挟んだ私たちの関係のことを知られたくない。でも、ひとりで基地の外へ行ったりできるだろうか。

Lisaは窓の外を見ながら、そんなことを考えていた。

すると、そのLisaの目が突然ハッと見開かれた。

芝生の先にあるフェンスの外を、ギターケースを背負った人影がフェンスに沿って自転車で走っている。

Lisaは、まさか、と思った。

あんなところをギターを背負って自転車で走る人を、Lisaはこれまでに一人しか見たことが無い。

Lisaはあわてて部屋から飛び出した。そのまま家の玄関からも駆け出た。

Lisaは走った。芝生の上を全力で、まっすぐフェンスに向かって。

やっぱりあの事件の被害者は、彼じゃなかったんじゃないか。ニュースを見て、自分が勝手にそう思い込んでいた、ただの人違いだったんじゃないか。

フェンス沿いを走っているその自転車に向かって、Lisaはまっしぐらに走っていった。自転車を漕ぐ人影が、走って来るLisaに気づいて停まったのが見えた。

Lisaは近づくにつれ、けれどそれは自分の早とちりだったことに気がついた。

＊

舞は、Lisaが基地の中の芝生を家のほうから走って来たのに気づいて、驚いて自転車を停めた。

最初は全力で走って来ていたLisaは、やがてそれが舞だと気づくと、次第にスピードを落とし、最後は苦笑を浮かべながら歩いて金網に近づいて来た。

「Wow! I thought you were Shinji, with that guitar on your back! Oh my God!（なんだ、ギター背負ってるからシンジかと思っちゃった！　びっくりした！）」

舞はLisaが突然自分の前へ現れたことに驚いていた。Lisaは舞のところまで来ると、ギターケースを背負っている舞の姿を金網越しに見て目を丸くした。

「Do you play the guitar, too?（あなたもギター弾くの？）」

舞は頭の中でふさわしい英語を考えながら答えた。

「I started?... joined?... a band.（私、始めた……入ったの……バンドに）」

「Band?（バンド？）」

兄の友人だった亮多と航太郎と、三人でバンドを始めたことを話した。するとLisaはさらに目を丸くした。

「What!? So it was you!? You're playing with Ryota at the school festival!?（えっ、あなただったの!?　リョータが学祭で一緒に演《や》る人って!?）」

Lisaは亮多から学祭に誘われたことを話した。今度は舞が驚く番だった。

「えっ？　You're coming? To the school festival?（来るの？　学祭に？）」

「Yes! Ryota invited me! So, I'm coming!（うん、リョータが誘ってくれたから！　だから行くよ！）」

Lisaは演奏するメンバーが舞だったことに、飛び跳ねんばかりに喜んだ。

「Are you kidding!? Wow! That's awesome!!（それホント!?　サイッコー！　それサイコーだね!!）」

舞は驚きのあまり絶句した。この人を学祭に呼んでる？　あの亮多って人、すごい。そしてそれは、なんて素晴らしいことなんだろう……

舞は自転車を降りてフェンスに歩み寄った。Lisaもさらにフェンスのそばへ来る。お互いの顔が金網を挟んでとても近くなった。二人は笑顔を交わした。

こうして会うのは、あの夜以来。そして昼間に会うのは、初めて。

舞が自分の名前を告げると、Lisaはそれを口にしてくれた。

「Mai?（マイ？）」

そして舞はこの時初めて、兄がここでたびたび会っていた人の名前を知った。

「Lisa…」

舞は、かつてここで慎司がLisaと会っているのを何度か見かけたことがある。そんなある時のことを思い出した。その時は、見て見ぬ振りをして、気づかれないように通り過ぎたけど、あの時二人がしていたことが気になっていた。

舞はポケットから自分のスマホを出すと、イヤホンを挿してLisaに見せた。察したLisaは笑みを浮かべた。舞が訊ねる。

「Listen?（聴く？）」

「Yes.（うん）」

そこで舞は、金網の隙間から片方のイヤホンを差し入れた。Lisaはそれを受け取って、自分の片方の耳に挿した。

「Which song?（どのうた？）」

「Which ever.（どれでも）」

舞はスマホに入っている慎司の曲の中から、一つを再生させた。『小さな恋のうた』というタイトルの曲。流れ出したそのうたが、イヤホンのコードを伝わってLisaの耳に届き、その顔に笑みを浮かべさせた。

舞は一緒にその曲を聴きながら、Lisaの顔を見つめた。

Lisaは舞を見ずに、曲に耳を澄ましながら言った。

「This song. Ryota said "We'll play this song." You're playing this song, right?（この

曲、リョータが演《や》るって言ってた。演るんでしょ?)」

「Yes.(うん)」

「This song's my favorite, amongst Shinji's songs. Maybe Ryota knew.(私、シンジが作った曲の中で、これが一番好き。リョータ、そのこと知ってたのかも)」

　聴きながらLisaが舞を見る。

「By the way, what's this song about?(ねえ、何を歌ってる曲?)」

　何を? タイトルの言葉のニュアンスを、どう伝えればいいだろう。

「About... love?... like?... small love...(ええと……、愛? ……好き? ……小さな愛……)」

「Small love? Hmm...(小さな愛? ふうん……)」

　Lisaが納得したようにうなずいたので、舞は再び金網越しにLisaを見つめた。この曲を聴きながら、この人は何を思ってるんだろう。

　その時だった。不意にLisaの家のほうから女性の声が聞こえた。

「Lisa!!」

　ハッと二人が見ると、家から出てきたNatalieがこちらのほうへ足早に来るのが見えた。

「Oh, I better go home.（あっ、私帰らなきゃ）」

Lisa は片方のイヤホンを外すと、金網越しに舞に返した。

「OK...（うん……）」

「See you.（またね）」

Lisa は小さく笑みを見せると、すぐに背を向けて家のほうへ歩き出した。舞は不安になって、スマホを胸に抱いてその後ろ姿を見送った。

芝生を足早に戻っていく Lisa と足早に歩いて来る Natalie は、途中で鉢合わせる形になった。Natalie がフェンスにたたずむ舞を見る。

「Who is that?（あれ誰？）」

Lisa は目を合わさず通り過ぎようとした。

「It's nothing.（なんでもない）」

「What were you talking about?（何を話してたの？）」

「Nothing.（なんでもない）」

「Lisa! Wait!（Lisa！　待ちなさい！）」

歩いて行こうとした Lisa が Natalie に腕をつかまれたのが見えた。舞はハッとして思わずスマホを握りしめた。

「Aren't you aware we've been restricted to the base? The protest at the gate, it's serious!（あなた外出禁止なのは知ってるわよね？　ゲートで起きてる抗議、大変なのよ！）」

舞には Lisa がなんと言って怒られているのかはわからない。けれど言われた Lisa が Natalie をキッと睨み返すのが見えてドキッとした。Natalie は Lisa に諭すように続けた。

「Listen. There're people out there, that don't think well of us. You need to be careful.（いい？　基地の外には、私たちをよく思ってない人たちもいるの。気をつけて）」

だが Lisa は自分の腕をつかんでいる Natalie の手を振り払うと、家のほうへ再び歩き出した。

「Lisa!」

Natalie はもう一度舞を鋭く見た。舞はその視線にハッとしたが、Natalie はすぐに背を向けると、Lisa を追うようにして家のほうへ戻って行った。

なんでだろう、またフェンスの向こうが遠い世界のことになったような気がした。せっかくついさっきまで、一つの音楽を二人で聴いてたのに。家へ戻って行く Lisa と Natalie の後ろ姿を、舞は沈んだ気持ちで見送った。

＊

舞が玄関から家に入ってくると、リビングのほうからテレビの音声が聞こえた。きっとお父さんとお母さんは今日もずっと家にいたんだろうな。ギターの入ったケースをそっと家の中へ入れた舞は、静かに玄関のドアを閉めた。

ひとまずそのままそっと二階へ上がる。そして自分の部屋にギターケースを置くと、再び階段を降りてリビングへ行った。案の定、一幸と静代が、何日も変わらないような姿で座ってテレビを見ていた。

「ゲート前で抗議活動をしていた市民に対し、排除をうながした機動隊と衝突が起き、転倒した市民に負傷者が出た問題で、沖縄県警は本日午後、会見を開き……」

テレビ画面に、基地の入り口のゲート前でもみくちゃになって衝突している基地反対の抗議住民と機動隊のニュース映像が流れている。舞はそれを見て目を見張った。

「なにこれ……」

ここ数日、ニュースを見ていなかった。兄についてのニュースに触れるのが嫌だったからだ。そのせいでこんな騒ぎが起きていることを知らなかった。

「あ、おかえり……」

　静代が顔を向ける。舞はニュース映像に目を奪われてテレビの前まで来た。画面に、いつになく激しい基地反対運動の市民たちの抗議の様子が映っている。

「えっ、なんでこんなに抗議してるわけ？　もしかしてひき逃げの犯人、基地の人だったの？」

　静代が首を振った。

「ううん、それはまだわからない……」

　じゃあ、なんで？

「ここぞとばかりにかこつけて、抗議してるわけさ」画面を睨んでいる一幸が苦い顔をした。「まったく何をやってるんだ。怒る相手が違う」

「じゃあ、誰？」

　舞は素直に疑問に思ったので訊いた。だが一幸はそれには答えず、舞を見た。

「舞、ちゃんと勉強してるか。おまえは成績がいいんだ。しっかり勉強して、内地の大学に行きなさい」

　一幸は忌々《いまいま》しげな顔で再び画面の映像に目を戻す。

「それで外からこの島を見れば、何をこの小さな島で、こんなにごちゃごちゃごちゃごちゃやってるのか、よくわかる。昔から何一つ変わってないこともわかるだろ」

舞だって、沖縄が昔からずっと基地の問題を抱えていることぐらい知っている。米軍のヘリが墜落し、飛行中に校庭に部品を落とし、米兵が基地の外で犯罪を犯し、地域の住民が戦闘機の騒音に耐え、基地への不満が渦巻いていることも知っている。戦争に敗けたのは日本で、沖縄が敗けたわけじゃないのに、日本にある米軍基地の七割はなぜか沖縄県に置かれていることも知っている。

画面には、アスファルトの上に転倒させられた市民の周りで他の市民と機動隊の警官たちが衝突している様子が映っていた。ニュースの原稿を読むアナウンサーの声よりも、映っている人々の罵声や怒号のほうが耳に残った。

一幸はそれを見たまま、強く念を押すように言った。

「いいか、だからそのためにも、しっかりと勉強しれよ」

＊

「けどよ」と亮多が言った。「沖縄が小さい島だって言うけどさ、日本だって世界から見りゃ小さい島さぁ」

だから時々、本土の人は何をエラそうなこと言ってんだよと思うことがある。ここを小さい島だってナメるんなら、日本だって世界から見りゃ小さい島だってナメられてることになる。

「だからここで起きてることって、あっちで起きてることと変わんないんじゃないの？」

同じ、小さな島で起きてることだ。舞と航太郎はペットボトルの飲み物を持ったま、そうかもとうなずいた。

「ま、どーでもいーけどやー！」亮多は自分のペットボトルの三ツ矢サイダーを飲み干して立ち上がった。

三人はバンド練習のあと、海辺の堤防に来ていた。どこまでも続く長い堤防。そのコンクリート造りの防波堤の上に制服姿の三人はいた。

カラのペットボトルを握った亮多は、海のほうを向いて仁王立ちになった。海側の下方を見ると、積まれた大きなテトラポッドに白い波が寄せている。いつものように前を全開にした制服の白いシャツが海風にはためいた。

同じく白シャツ全開の航太郎が言った。

「捨てるなよ？」

亮多が「ん?」と返す。

「海に捨てるなよ?」

亮多が持っているカラのペットボトル。亮多はニヤと笑んで海に向かって叫んだ。

「漁師の息子ー!!」

舞が笑った。航太郎は立っている亮多の足を海のほうへ少し押した。

「うわ、あぶねー!! おまえ《ヤー》死ね、落ちるさー!!」

亮多がまた座ると、舞が訊いた。

「ねえ、Lisa、学祭に誘った?」

「お?」

航太郎がきょとんとする。「え、リサって誰?」

「もしかして、Lisaを呼ぶために、またバンドやろうと思ったわけ?」

「いや、そんなわけないさ」亮多はとぼけて視線をそらした。

「え、リサって誰?」

「でもLisa、超喜んでたよ。『絶対行く』って言ってたよ」

「なんだおまえ、しゃべってるわけ?」

「だからリサって誰よ!? 無視するな!」

亮多と舞は笑った。

自転車を停めて降りた三人は、基地の中へ目をやりながらLisaの家が正面に見える位置まで歩いてきた。フェンスの支柱と支柱のあいだのちょうど真ん中。慎司とLisaがいつも会っていた位置だ。

「あれだよ。Lisaの家」

基地内に点在している住居の一番端にある家を亮多が指差す。航太郎は目を丸くして周囲を見回した。

「ええ、ホントに？　慎司こんなとこでその子と？」

そういや慎司は、実際Lisaのことをどう思ってたんだと亮多は思った。結局それをはっきり訊く機会は無かったし、訊くのもダサいと思っていた。

慎司にとって、あの子はどういう存在だったんだ？　そして、もしそれが恋ってものだったんなら、あいつのそれは、この先どうなってたんだろう……

ふと、昔おばあから聞いたことのある話を思い出した。かつて沖縄には、恋文屋《こいぶみや》というものがあったといったような話だ。そうだ、今度おばあに会いに行ってみるか。ああいった話を、もう一度聞きに行ってみよう。

亮多がそんなことを考えていると、横にいる舞が「あ……」と小さく声をあげた。

見ると、Lisaが家から出てこっちへ歩いて来るのが見える。フェンスのところにたむろしている三人が家から見えたのだろう。綺麗な芝生の上の長い距離を、少し照れくさそうな笑顔を浮かべながらこちらへ向かって歩いて来る。慎司に初めて紹介された時と同じ光景だ。

「え？ ……えぇ？」航太郎がうろたえた。亮多は、だろ？ と思った。そうだよな、最初はビビるって、これは。

Lisaは淡い色のワンピースに薄手のカーディガンを羽織った格好で芝生を歩いてくる。これは本当にアメリカ映画のワンシーンだ。「大草原のナントカ」とか、わかんねえけど、アメリカにしか見えないそんな風景が、ここから見えている。

フェンスまで歩み寄って来たLisaは笑顔で「Hi!」と言った。亮多と舞も「Hi!」と返す。亮多はLisaに航太郎を紹介した。Lisaはバンドのドラマーだと知ると大喜びした。

「Hi! Kotaro!（ハイ！　コータロー！）」

航太郎も「Hi!」といつもの笑顔を返した。

「You'll all be playing together, right?（この三人で演《や》るのよね？）」

Lisaが声を弾ませた。

「Yeah.（うん）」と舞。

「I can't wait!（楽しみ！）」

Lisaは身体を震わせて喜んだ。

「We need practice! More!（練習しないと！　もっと！）」

航太郎がLisaに言うと、亮多は「おまえはいいさ！」と航太郎を小突いた。航太郎だけは新たに楽器をマスターする必要はない。亮多はLisaに憎々しげな顔をして見せた。

「He can play already!（こいつはもともとできてるわけさ！）」

Lisaが笑った。

18

慎司のレスポールは、ギターのボディの端にあるピックアップ・セレクターの切り替えスイッチにガチガチにガムテープを貼り、スイッチが動かないように固定してある。舞はそのガムテを指で撫でた。

ピックアップはギターの弦の振動をアンプに伝えるためのもので、どのピックアップを使うかを切り替えるのがピックアップ・セレクター。高音寄りとか低音寄りとか使い分ける人もいるらしい。でも激しくギターを弾くと手が当たって勝手に切り替わってしまうことがあるらしくて、特にロックバンドのギタリストなんかは、こうしてガムテで固定しておいたりするんだと亮多が教えてくれた。ガムテを雑に貼っているところが逆にかっこいい。また、音を固定するのは「俺たちは甘い音は使わない」というロックバンドとしての意思表示にもなるらしい。

「いい？」

航太郎が言ったので、舞は学生靴を履いている足で足元のチューナーを踏んだ。今思ったけど、チューナーはキラキラ点滅していて、よく見ると綺麗だ。

三人は練習スタジオに来ていた。学校帰りなので全員が制服姿。亮多がベース、舞がギターを提げて立ち、航太郎はドラムセットに座っている。いつも通り三人向かい合う態勢だ。

まず初めに、航太郎が叩くスティックのリズムに合わせて全員でハモって歌ってみた。全員、声が出ている。今日もいい感じだ。

舞は足を少し開いて床を踏みしめた。提げたギターのストラップは兄が使っていた時よりも短くしてある。

航太郎がスティックでカウントした。舞は背後にあるギターアンプからの圧を感じた。演奏がスタートした。

亮多がベースを弾きながらスタンドマイクに歌い始める。まだベースを弾く自分の指を見ながらしか歌えない。

舞は正確な音を刻むことを心がけていた。ギターから大事そうに音を出す。探るように、慎重に。兄のギターから、兄の音を追うように。

航太郎はそんな二人をじっと見ながら、スネアを叩くスティックに力を込める。もっと来い！　二人にそう伝えるように、強く！　強く！　ドラムを叩く。

曲が疾走する。

一曲を演り終え、三人は顔を見合わせた。

「なーんかまだ、ふわっとしてる」

亮多はそうぼやくと、航太郎に向いた。「やっぱおまえは安定してるから、おまえに付いていくしかないや」

航太郎は舞を見た。

「なんか、そんな正確に演ろうとしなくていいと思うよ」

亮多も、「そうだよ、もっと思い切っていけよ！」と、あおった。

「思い切ってって……」

「練習なんだから、失敗し放題でいいんだよ」

「おっ、いいこと言うねー、航太郎」

「じゃあ、アタマからもう一回やってみよ」

皆がもう一度自分の楽器に向かう。すると亮多が「あー、そーいえば」と舞に向いた。

「学祭には間に合わないけど、おまえ、あの詞書けよ？」

「あの詞？」

「ほら、おまえが見つけた、あの曲の詞」

えっ、と舞は思った。兄が残した、新しい曲だ。

「え、自分が書くの？」

「当たり前だろ？　おまえが見つけたんだから、おまえが書け」

「え〜……」

航太郎はにやにやして聞いている。

「それに、こん中で一番成績いいんだし」

なにそれ。

「成績カンケーないよ」

「一番アタマいいってことさ。このあいだの期末、何位だった?」

舞はムッとした。

「言いたくない」

「いいさー、学年何位だったわけ」

「しつこい」

口をとがらせてギターに目を落とした舞を見て、亮多と航太郎は目を見合わせて笑った。航太郎が両手のスティックを上げる。

「よし、行くよー!」

再び演奏が始まった。途中、亮多の前にある譜面台からコード進行が書いてある紙がはらりと床に落ちた。だが亮多は構わずに演奏を続ける。

このとき舞はギターを弾きながら、不意に思い出していた。

いつだったか家のリビングで、慎司からまたギターを奪って勝手に弾き始めた時だった。慎司がやってみせた通りに指を押さえてギターを鳴らしても、同じような音が出ない。だんだん腹が立ってムキになってくると、「いいんだよ、べつに」と慎司が言った。「おまえの音でいいんだよ」

「でもおまえ、左の構成はできてるよ。しっかりしてる」とも褒められた。

そして二階の部屋へ戻って行く時、慎司はこう言ったのだ。

「おまえはさ、バンドをしてみればいいよ」

「なんで」

「バンドでなきゃ、わからないことがあんだよ」

今、ギターを弾きながら、舞は思い出した。そうだ、あれだ。

私にとっての兄の最後の言葉はあれだった。

おまえはさ、バンドをしてみればいいよ。

*

舞は、授業中も机の下でギターの運指をこっそり練習し続けた。

日々練習を重ねるにつれて、亮多はみるみるベースボーカルを上達させている。やっぱり一番足を引っ張っているのは初心者の自分だと気づいた。だから必死だった。

学祭までに間に合わないというより、一体いつになればちゃんとできるようになるのかわからない。きっと何かの壁があるんだと思う。その壁を越えたら、きっとできるようになる。そう信じてやるしかない。授業中もやる。それしかない。

Lisaとは、あれからも何度も会った。舞は、なんとなくこの時間にフェンスに行けばLisaが来るな、というのがわかるようになってきた。相手の生活パターンがわかるというか。もちろん、出てこなかったこともあるけど。

前に会った時、なんの話したっけ。たどたどしい英語で、どうでもいい話。なんだったかな。そうだ、Lisaが、ピザにコーンを載せるのはありえない、って言ったんだった。え、そうなんだ。アメリカ人にはありえないんだ。でも美味しいよ、と舞は返した。

そして今日も舞はLisaと会っていた。Lisaは自分で作ったというお菓子を持ってきてくれた。フェンスのあいだからそれを受け取って食べる。マシュマロが入っているポン菓子のような、食べたことのないお菓子だ。アメリカンな味で、とっても甘い。でも美味しい。

フェンス越しに話している私たちは、他人からはどう見えているのだろう。

二機の戦闘機が並んで通過していく爆音が、頭上の空に轟いた。

舞はLisaからもらったお菓子をもぐもぐと食べながら、フェンスの支柱にもたれ、エアギターで運指の練習を始めた。見えないギターを弾いてイメトレする。もうどこでもやるクセがついた。

金網の向こうのLisaは、お菓子を食べながらそれを見ていた。

「How's practice?（練習どう？）」

「So hard!（タイヘン！）」

舞が吐き捨てるように言ったので、Lisaは笑った。

いや、笑いごとじゃない。

「あと、歌詞も書かないと……」舞は思わずつぶやいた。

「What?（えっ？）」

「ううん」なんでもないと首を振る。するとLisaはちょっと冗談めかした顔で、舞がわかるような英語を選びながら、ゆっくりと言った。

「Mai, I think I know why Roosevelt chose this island. I bet everybody here must be all really nice.（マイ、私ね、ルーズベルトがこの島をほしがった理由がわかるよ。たぶんここの人、みんないい人なんだと思う）」

舞はエアギターの手を止めてLisaを見た。

「Have you been to other base? In other country?（他の基地にも行った？　他の国の）」

「Yeah, cause we usually move every two years. But we already bought a house in Florida.（うん、だいたい二年ごとに異動だから。でも、家はもうフロリダに買ってあるんだ）」

「Florida?（フロリダに？）」

「Yeah. We're gonna live there, once my father retires. Many families buy a house at a place they like, while they move around.（そう。パパが退役したら、そこに住むの。異動のあいだに気に入った場所があったら、そこに家を買っておく家族って、多いんだよ）」

Lisa はお菓子の最後の一つを金網の隙間から差し出した。舞はそれを受け取った。

「I should go. My parents will be home soon.（帰んなきゃ。ママたちもう帰ってくるから）」

「OK.（うん）」

するとLisa は、いつになく真剣な顔になって舞を見た。舞は少しドキッとした。

Lisa は、言おうかどうしようか一瞬迷う表情をしてから、思い切って言うという目で再び舞を見た。

「... Mai, my father works on Ospreys. Are you against Ospreys?（ねぇマイ、私のパパは、オスプレイに乗ってるの。あなたもオスプレイが嫌い？）」

舞は驚いた。答えに迷い、思わず視線を外した。今までそんな質問をされたことはない。

舞は Lisa を再び見つめて、言った。

「... I don't know.（……わかんない）」

金網の向こうから Lisa が舞を見つめている。

「Sorry...（ごめんなさい……）」

「No, no, don't worry!（ううん、いいの！）」

Lisa はあわてて取り繕うような笑顔を見せた。舞の返答に少しだけ安堵しているようにも見える。舞は訊いた。

「Can you really come? To the school festival?（本当に来れる？　学祭）」

「Yes! I'm coming!（うん、行くよ！）」

Lisa はいつもの笑顔になると、手を振って自分の家のほうへ帰って行った。

オスプレイは危険だと言われて、沖縄の基地に配備されているのを反対している人たちがたくさんいることは知っている。でも舞は、まさかそのことが自分とLisaに関係してくるとは思わなかった。

Lisaは家のほうへ戻って行く途中でまた振り返り、笑顔でもう一度手を振った。舞も手を振り返す。

基地の問題は今、大人の人たちがなんとかしようとしている。昔から長い間、ずっと変わらない問題。今の自分にも関係している。どうすればいいのかわからない。大人の人たちでもわからないことが、今の自分なんかにわかるわけがない。だけど一つだけ、舞は思ったことがあった。

大人の都合に振り回されるだけの存在には、なりたくない。

19

私はマイにどんな返事を期待したんだろう、とLisaは思った。「オスプレイ？　うん、ぜんぜん嫌いじゃないよ」そう答えてほしかったんだろうか。

でも、あれでよかった、とも思う。マイはきっと、私の父がそうだと知っても、私たちの関係を壊したりはしない。でも、もしマイが大勢の日本の人たちと同じようにオスプレイを嫌いだったら、私はこのことを黙ったまま付き合いたくなかった。マイに隠し事をしてるみたいだから。だから訊いてみたかった。マイがあんなふうに答えてくれて、ほっとした。私たちの関係が、大丈夫でよかった。

家に戻ると、Kyle と Natalie はまだ帰っていなかった。Kyle は仕事、Natalie は基地内で催されているカルチャースクールへ行っている。フラワーアレンジメントをしながら、他の将校の奥様たちと交流しているはずだ。

数日後、どうやって基地を出て学祭に行くかはまだ決めていない。Lisa は今度はそっちのことが気になり始めた。

ガレージから自分の自転車を出す。自転車は広い基地内を移動する時によく使う。Lisa は自転車を走らせ、軍の施設が多くある区域のほうへ向かった。

髪を短く刈り上げて上部を少し残した髪型の、迷彩服姿の米兵たちの姿が多く目につくようになってきた。基地内の、こっちの区域へ来ることはあまりない。

Lisa は自転車を降り、食堂やレクリエーションルームなどがある建物に入った。外見は他となんら変わりのないシンプルな建物だ。

入ると、カレーショップがあった。トレイを手に並んでいるのは迷彩服姿の兵士ばかり。そしてそのとなりの広々とした殺風景な空間に、数台のテレビやマッサージチェアなどがまばらに置かれていた。米兵たちがぶらりと来て、くつろぐ場所である。この建物には前に来たことがある。でも基本的に下士官の兵士たちが来る場所なので、将校のKyleはあまり来ないはずだし、Lisaの知っている同年代の友人や、Natalieのような軍人の家族もあまり来ない場所のはずだった。

ここにきっと、時間をもてあましているような兵隊さんが来ている。Lisaはそう思っていた。ヒマな人だからいいというわけではないけど、私の話をゆっくり聞いてくれる時間はあるはずだ。あとは、私がちゃんと、自分の目的を話せるかどうかだ。

広々としたレクリエーションルーム内に入って入り口から見回すと、数人のアーミールックの兵士がテレビを見たり、端のテーブルでコーラか何かを飲みながらくっちゃべったりしている。倒したマッサージチェアにも数人が仰向けに寝そべっていた。

「ああ、サーフィン行きてえな！」

悪態をつきながら歩いて来た兵士二人が、若い女の子がこんなとこに何しに来てんだ？　という目でLisaを見ながら出て行った。Lisaは思わず身を縮めた。

ひき逃げ事件に端を発するゲート前の地元住民の基地反対運動のせいで、一時的に基地の外への外出禁止令が出されていたが、それは解除されたと聞いている。でも外出は自粛され、兵士たちには鬱憤《うつぷん》が溜まっているのかもしれなかった。

と、そのときLisaは、一番近くのマッサージチェアに寝そべっている一人の兵士の男と目が合った。その男は怪訝そうな顔をした。

「……どうした?」

Lisaは、二十代後半とおぼしきその白人の兵士をじっと見た。その男は寝そべったまま、さらに怪訝そうに、そして少し心配するような顔をした。

「誰を探してる?」

Lisaはその兵士をじっと見つめ、この人にしようかと考えた。

*

亮多がいつものように入り口から入ると、カウンターに根間はいなかった。

「あれっ?」

練習に来た三人は、奥の通路を覗いた。通路の壁に、まるで上書きするようにたくさんのライブ告知などのフライヤーが重ねて貼られている。三人はその通路を通ってライブホールへ入った。

入ってすぐ脇にある音響と照明卓のところに根間がいた。

「あ、根間さん」

「おう!」

言いながら根間は卓から目を離さない。

「今日、ライブっすか?」

「ああ、そうなんだ」

誰もいないステージと、二百人ほど客が入れば満杯のフロア。そのフロアに今夜ライブするバンドの関係者らしい女性が二人立っていた。あ、どうも、といった感じで亮多たちは会釈する。華やかな見た目のその女性たちは笑みを返してくれた。

亮多は、ギターケースを背負った舞が、ライブホールの中を物珍しそうに見回しているのに気づいた。そうか、こいつ、ライブするとこに来たのも初めてか。

正面にある、フロアから五十センチほど高くなっているステージ。ステージの広さはフロアの半分ぐらいはある。それぐらい、フロア自体がそんなに広くない。

ステージの両サイドには天井に届かんばかりの巨大なスピーカーが立っている。そしてステージの前の縁にも、いくつもの小型スピーカーが並んでいる。無人のそのステージに、根間が作った赤や緑の照明の光が斜めに射していた。

「どうね？」

亮多が舞に訊くと、舞はホールを見回しながら笑んで、「うん」と言った。

「おまえたち、仕上がりはどうなんだ」

卓から訊いた根間に、亮多がピースサインを返す。

「カンペキっす」

航太郎が笑った。「やー、ホントかぁ？」

「じゃあちょっと、ステージ上がってみろ」

軽い口調で言った根間に、亮多と舞と航太郎は「えっ？」と目を丸くした。

「サウンドチェックだ。付き合え。がつんとなんか演ってみれ」

三人は顔を見合わせた。

言われた通りにステージに上がる。

バンドの関係者の女性たちが卓の根間のところへ来てステージの三人を見た。

「根間さん。もしかして、この子たち？」

「あ、そーそー。サイコーなんだよ、これたち」

もう一人の女性は動画を撮影しようとしてスマホをステージのほうへ向けた。

亮多と舞は戸惑いながらもステージの上でケースからそれぞれの楽器を出した。航太郎は自分のスティックを手に、セッティングされているドラムに座る。ベースとギターを提げた亮多と舞は、真横に並ぶ形でステージのスタンドマイクの前に立った。フロアのほうに向く。

「よし、じゃあなんか一曲、演ってみろ」

亮多と舞が目を見合わせる。亮多がわざとマイクでしゃべって根間に訊いた。

「なんか？」

「なんでもいいから。ついでに録ってやる。一番出来てる曲演ってみろ」

関係者の女性が向けているスマホが動画を撮影している。

三人はステージの上でお互いを見た。だったらあの曲だ。Lisa に聴かせるために一番最初に仕上げた曲、『小さな恋のうた』。

亮多と舞はスタンドマイクに近づくと、それぞれベースとギターのネックを握る手に視線を落とした。航太郎はスティックを構えて肩の筋肉をほぐす。

撮影しているスマホの画面がステージの三人をとらえている。

ピックをギターの弦に当てて構えた舞が、マイクに近づいた亮多の口元を見た。亮多の歌い出しを待つ。卓からステージを見ている根間が、面白いことになったというように笑みを浮かべた。

亮多が歌い出した。舞がギターの弦を弾いた。曲がスタートした。

結局、数曲をステージで演奏した。そのあとスタジオで練習をしていた三人のところへ、録った音源をCDに焼いたものを持った根間が入って来た。

「なあおまえら、これちょっと、周りのやつにも聴かせていいか？　いや、雑に録ったもんだからな、俺の周りの友だちだけだよ。けど、いけてるよ、おまえら！　やっぱ、うたがいい！」

亮多たちは少し照れて苦笑した。

「あと、学祭のライブっていつね」

「あ、根間さん、来てくれるんすか？」と航太郎。

「当たり前さー。おまえらのデビューライブだろ？」

亮多と舞と航太郎は笑った。亮多がエラそうに胸を張る。

「ま、そーっすよね！」

＊

その日の練習が終わると、亮多は舞と航太郎を誘った。

「ちょっと会いたい人がいるんだけどさぁ」

三人は海があるほうへ自転車を走らせた。街なかから出て、サトウキビ畑の中の道を走る。やがて三人の自転車は、小さな港のほとりにある小さな天ぷら屋に着いた。

そこは亮多のおばあのスエが、ひとりでやっている天ぷら屋である。スエは慶子の母だ。

店の周りには、とくに何もない。さびしい漁港にぽつんとある一軒の天ぷら屋。今はすたれたが、昔はこのあたりは栄えた漁港だった。けれど今でも漁から戻ってきた漁師が、スエの店に寄って天ぷらを食べ、あるいは買って持ち帰り、店は細々と続いていた。

ところで沖縄の「天ぷら」というものは、本土のそれとは少し違う。衣が厚く、食べ応えがある。なので天ぷら屋は街なかにもあって、学校帰りの学生などが立ち寄り、一個数十円のイカや芋などの天ぷらを買って食べたりする。いわゆるファストフードに近い。

亮多がテーブルが二つあるだけの小さな店に入っていくと、おばあのスエはもずくの天ぷらを揚げているところだった。

「あら、亮多ね。あんた久しぶりだね。生きてたね」

「あー、ごめん、おばあ。あんまりこっちのほう、来れなくてさ」

「おばあもまだ生きてたよ。よかったよ」

「おばあ、それ笑えないよ」

亮多は連れて来た舞を紹介した。航太郎は前に慎司や大輝たちと一緒に来たことがある。舞はスエに丁寧なあいさつをした。するとスエは「はいはい」と笑んで済ませて、皆をテーブルに座らせると、

「あい、お姉ちゃん、お茶もらおうね」

ヤカンのさんぴん茶を舞のコップに注いだ。

「おかあ、来るね?」

亮多が訊くと、

「ああ、慶子ね。たまに来るよ。天ぷら買って帰るよ」

そうなんだ、と亮多は思った。慶子が女手一つで亮多を育てているように、スエも女手一つで慶子を育てた。慶子の場合は夫と離婚したからだが、スエの場合は死別である。さらにスエ自身も、戦後、アメリカが沖縄を占領していた時代に、母の手だけで育てられた。

沖縄の女は、強くなければ生きていけなかった時代がある。

日本の敗戦が濃厚になった太平洋戦争末期、日本で唯一、米軍の上陸を受けた沖縄は、壮絶な地上戦を経験した。海からの米艦隊の艦砲射撃で砲弾の雨が降り、山の形が変わったと言われる。当時の県民の四人に一人が死亡したその壮絶な地獄を生き延びても、その後上陸したアメリカ軍に多くの住民が捕虜として収容された。女は男以上に強くたくましく気を張っていなければ、生きていけなかった。

終戦後の混乱した時期に、スエをもうけたスエの母は、夫がある日突然蒸発し、生きていくために収入を得なければならなくなった。男たちが米軍の物資を盗むなどして生き延びていた貧しい時代である。そんな時にスエの母が始めた仕事というのは、ドル計屋という仕事だった。

アメリカに占領統治された沖縄は、通貨がドルに変わったので、道端に立って円とドルを勝手に両替してお金を稼ぐのだ。スエの母は那覇の国際通り近くの坂の下に立ち、坂を下りて来る人をじっと見て、両替をしたそうな人を見極めては、「にいさん、替えるよね」と話しかけて、交換を持ちかけていたという。そうやって稼いだお金で、なんとか子を食べさせた。沖縄が日本に復帰したあとは、通貨が円に戻って需要が無くなったので、道端に立つドル計屋は姿を消した。

一方スエは、沖縄が日本に復帰する頃に結婚したが、慶子が生まれてすぐ、夫は漁に出たまま戻ってこなかった。そこで港の近くで小さな天ぷら屋を始め、ひとりで慶子を養ってきたのだった。

「おばあ、昔は綺麗《チュラカーギー》だったって言うわけよ」

天ぷらを食べながら、亮多が舞と航太郎に言う。

「あ、ホントに綺麗だったと思う」と舞。

するとスエはこんなふうに言って三人を笑わせた。

「なんで今はそんなじゃないみたいに言うわけ。おばあ、今も綺麗さー。おばあこれから金持ちのイイ男見つけるよ。二日で死ぬのがいいね」

亮多はおばあに訊きたいと思ってたことを切り出した。

「ねえおばあ、昔はアメリカーと付き合ってる人、いっぱいいたってね。恋文屋の話とか、してくれたさー」

するとスエの顔が少し曇った。遠い日を見る顔になる。

「昔、アメリカーの兵隊さんと付き合ってた沖縄の女性は、『ハーニーさん』と呼ばれてたよ」

亮多と舞と航太郎はスエの話に耳を傾けた。

「ハーニーさん。基地のゲートの前にいっぱいいたさぁね。山ユリの花を摘んで来てね、それを持って恋人を待って立ってるわけさ。おばあも立ってたことあるよ」

えっ、と亮多は驚いた。

「おばあもな？」

「そう。立ってたことあるよ。女ひとりで子供育てるのは大変だったからね。おばあのは、すぐに終わったけどね」

知らなかった。おばあもハーニーさんだったのか。そういえばおばあは天ぷら屋だけど英語が少し話せる。それはそのせいだったのか。

「いっぱいいたよ、ハーニーさん。けど兵隊さんはね、みんな結局帰っちゃうからね、アメリカにね。それでも沖縄に残された女性は想い続けてね、手紙を送ったりするわけさ。『今でもあなたを愛しています。台風でお墓が壊れたからお金を送ってください』とか書いてね。でも自分では英語書けないから、そのために恋文屋というのがあったのさ。英語のラブレターを、代わりに書いてくれるわけよ」

亮多たちの天ぷらを食べる手は止まっていた。

「そしたら律儀に三百ドルとか送られてくるわけよ。でも、その人はもう戻ってくることはないからね。そんな沖縄の女性は、たくさんたくさんいたから。こんなのは、本当によくあった話さ」

フェンス越しの恋に、ハッピーエンドは無いのかと亮多は思った。

「おばあ、今と昔だと、どっちがいいね？」と航太郎が訊いた。

するとスエは「どうかねー」と考えてから言った。

「でもね、アメリカ世《ユ》もヤマト世《ユ》も関係ないわけよ。心はずっとウチナー世《ユ》よ」

アメリカ世は、沖縄がアメリカだった時代。ヤマト世は、沖縄が日本に復帰して以降の現在まで。そしてウチナーは、沖縄のことを意味する言葉だ。心はずっとウチナー世。スエの言葉は染みた。

「おばあ、ずっと元気でいてね」

舞が急に言った。するとスエは目を丸くして返した。

「おばあは元気さー、ボケないよ。年寄りが『お金なくなった』って言い出したら、ボケの始まりって言うけどね。おばあ、お金あったことないからボケないよ。ボケたくてもお金ないからボケないよ」

また三人は笑った。

店の入り口に立って見送るスエに手を振って、三人は自転車にまたがった。

漕ぎ出す直前、舞がぼそっと言った。

「沖縄にはいっぱいいたんだね、ロミオとジュリエット」

航太郎は寂しそうにちょっとだけ笑んだ。亮多は一瞬だけ、金網越しに片方ずつイヤホンを挿しているあの二人の姿が目に浮かんだ。

三人は自転車を漕いで、家路についた。

20

Lisaは、クローゼットから出した服を片っ端からベッドの上に並べていた。

いよいよだ。いよいよ明日。

普段、お出かけをすることなんかほとんど無いし、服を買うところも基地内では限られている。異動が多いから、物は多く持たないようにもしている。だから自分が持っている服など知れていた。

けれどLisaは、とてもとても時間をかけて、明日なにを着て行こうか考えた。どれならいいだろう。フォーマルすぎるのは、もちろんダメ。でもせっかくの場なんだから、カジュアルすぎるのもイヤだ。だけど目立ちすぎる格好も、きっと彼らが困るだろう。何より、基地から出て行く時に目立つのは良くない。

ライブ？　そんなの今まで行ったことない。一体どんな格好がふさわしいの？

でもやっぱり、ティーンセンターに行くような、いつもの格好にしたほうがいいと思った。怪しまれない格好。でも、その中でも、自分が一番気に入っている格好。

あと、何を持って行けばいい？　基地から出たら、彼らのために花束を買っていったほうがいいのかな。

Lisa は明日のことを考えながら、自分に言い聞かせていた。

明日、私は自分の意志で、あのフェンスを越える。

*

舞は、ゆうべは学祭の準備で遅くに帰ってきた。

クラスの出し物は教室展示だ。最近の高校生の流行り物、みたいなテーマ。だから皆で調べたものを教室に展示し、周囲に飾り付けをしたら、当日にすることは何も無い。お客を呼び込む係からは外れた。その代わり、廊下や外の壁などに宣伝のためのチラシをたくさん貼る係に入った。その仕事をしていたら遅くなった。

全部貼り終えてやっと帰る頃、学校の窓という窓や校門にたくさん飾り付けがされて華やかになっているのを、陽が落ちた暗い中で見た。そして朝起きて窓のカーテンを開けたら、晴れだった。今日は絶好の学祭日和《びより》になりそうだ。

家を出る前、制服姿の舞は少し硬い顔で、洗濯機のところにいる静代のもとへ来た。

「……お母さん」

「ん？」洗濯機に洗濯物を入れていた手を止めて静代が向いた。

「お母さんたち、今日、学祭来ないよね？」

「どうして？　何かあるの？」

舞は首を振った。「ううんなんにも。なんにも無いよ……」

静代は顔を曇らせた。

「うん……だってお母さんたちが行ったら、しんみりさせちゃうかもしれないでしょ」

「あ、そっか……」

「うん……」

一瞬、気まずい空気が流れる。

「じゃあ、行ってきます」

背を向けると、「あ、舞……」と静代が呼び止めた。向くと、沈んだ顔のまま静代が言った。

「あのね、お父さん、基地の仕事辞めるかもしれない」

え、とリビングのほうを見る。ソファーに座っている一幸の姿が見えた。

「犯人が、アメリカの人かどうかわからないけど、もうこれ以上休んでられないわけさ……」

ここから一幸の顔は見えなかった。まるで置物のように微動だにせずに座っている父は、ひどく小さくなったようにも見える。その姿を黙って見つめていると、静代が気丈に笑んで言った。

「でも大丈夫だからさ！　お父さん、ちゃんと資格もってるからよ。すぐに新しい仕事見つかると思うから」

ギターケースを持ってそっと家から出た舞は、それを背負ってから自転車にまたがった。漕ぎ出す前に、家の向かいにあるフェンスを見る。

この位置からは、Lisaの家は他の住居に隠れて見えない。Lisa、ちゃんと来れるかな、と舞は思った。信じよう。そして最高の演奏をすることだけ考えよう。

＊

ラフなワンピース姿のLisaは、家の玄関から黙って出て行こうとしていた。すると、ちょうど後ろを通り掛かったKyleが気づいて声を掛けた。今日は休日である。

「お、どこへ行くんだ？」

Lisaは内心どきっとしたが、悟られないように答えた。

「……ティーンセンター」

Kyleは、年頃の娘に気遣う父といった様子で、話題を作ろうとわざと楽しげに声のトーンを上げた。

「そうか。最近は何をやってるんだ？」

Lisaは平静を装って答えた。

「ビリヤード」

「そうか。今度やるか？」

自分と、という意味だ。Lisaは父に訊いてみたくなった。

「ねえパパ。最近、基地の外へ出た？」

「外？」Kyleは眉根を寄せた。「おまえ、外出禁止なのは知ってるだろ？」

「うん。でも解除されたでしょ？」

Kyleは首を振った。

「だが、今はまだ出ないほうがいい。外でちょっと衝突を起こしただけでも、大きな問題になりかねないからな」

Lisaは、さらに思い切って訊いてみた。

「パパは、地元の人たちとはうまくいったほうがいいと思う？」

Kyleは真剣な目でLisaを見た。

「もちろんだ。アメリカの方針としても、地元との交流を推奨《すいしょう》してる。でもな、現実的には、簡単に行かないことだってあるんだ」

基地と地元住民との関係はとてもデリケートだ。それは世界中どこの基地でもそうである。Lisaもそのことはわかっていた。

「だから私たちは、ここに来た任務を全《まっと》うするだけだよ」

軍人らしい父の返答だった。Lisaは、夕方には帰ると告げて家を出た。

Lisaは外へ出ると、足早に家から離れた。歩く速度が次第に速くなる。

途中、ティーンセンターへ行くのとは別のほうへ向かう道の分岐点に来た。立ち止まり、周囲を見回す。知っている人はいない。そもそも基地内の居住区には、外を出歩く人影はほとんどない。

Lisaは普段は行かない、基地の巨大な格納庫が建ち並ぶほうへ向かった。足を早めながら考える。あの人は本当にいてくれるだろうか。もしいなかったら、あきらめるしかない。その場合は仕方ない。基地から出ることも、学祭へ行くこともあきらめる。罪悪感で胸が痛くなった。もしかしたら、こんなことはしてはいけないのかもしれない。でも……

巨大な格納庫群の中へ入ると、人影はほぼ無くなった。Lisaは格納庫のあいだを通る道を急いだ。

たしかに素行の良くない兵士もいるらしい。このあいだも友だちから、基地の外でひどく酔っ払って、自動販売機を担いで持って帰ろうとして捕まった若い兵士がいると聞いた。気の荒い人はいる。

でも、あの人はそうじゃない、とLisaは思った。

レクリエーションルームで見つけたあの若い軍曹《ぐんそう》は、基地から出て友だちの学祭にこっそり行きたい理由を包み隠さず話すと、全部きちんと聞いてくれた。そして「わかった」と言ってくれた。もしかしたら、鬱屈《うっくつ》している日々の中で、私の少し変わった頼みに手を貸してやろうと思っただけかもしれない。でも、目を見たら、悪い人じゃないと思った。いい人はわかる。顔を見れば、私にはわかる自信がある。

Lisaは、待ち合わせにしている格納庫の角を曲がった。

すると、いた。何も無いだだっ広いアスファルトの道の端に一台の車が停まっている。その横で若い軍曹が、スマホをいじりながら待っていた。よかった、彼はちゃんと来てくれていた。しかも、兵士がふらりと基地の外へ出かける時のような、とてもラフな格好をしてきてくれている。ありがたい。

Lisaに気づいた彼が片手を上げた。足早に歩み寄りながらLisaは、自分の顔が緊張でこわばっていることに気づいた。Lisaが来ると、若い軍曹は言った。

「本当に、送るだけでいいんだな？」

Lisaはうなずいた。

そしてLisaは、Yナンバーの車の助手席に乗った。

基地内は徐行が原則である。軍曹が運転する車に乗っているLisaは、顔をこわばらせていた。初めて基地から出る緊張。いや、それだけじゃない。間違ったことをしているかもしれないという罪悪感。

でも、とLisaは思った。Friendは日本語でトモダチだと、シンジが教えてくれた。私はトモダチに会いに行く。ただそれだけのことをしようとしているだけ。

もっと早く出ていれば、彼に会うために出て行っていれば、何かが変わっていたのかもしれない。その後悔が、Lisaの中にはあった。だって彼のほうは、こっちへ入って来れないんだから。会うためには、私が出て行くしかない。でも私はフェンスのあの場所で会っていることだけで、満足してしまっていたのかもしれなかった。もし私が、もっと早く、勇気を出して出て行っていれば……

けれど、今からでも遅くない。私は自分の世界を変えるために、今日、ここから出る。

軍曹の運転する車はゲートに着いた。ひざの上で握る手に思わず力が入る。

停止した車の運転席の外側に、ゲートガードの兵士がひとり歩み寄って来た。軍曹が運転席の窓を開ける。ゲートガードの兵士は車の窓枠に片肘を突くと、車の前方を指差した。

「見えるか？」

フロントガラスの先に見えるゲート。その外に、さまざまなプラカードを持った米軍基地反対の抗議集団が小さく見える。それはまるで道路を完全に塞《ふさ》いで立っているようにも見えた。何かを叫んでいる声も聞こえる。

ゲートガードの兵士は諭すように軍曹に言った。

「今日はペイデイだが、外でハメを外すんじゃねえぞ？」

偶然、今日は給料日だった。兵士が一番、外へ繰《く》り出す日だ。

軍曹が軽い口調で答える。

「今日は姪っ子のドライバーだよ」

ゲートガードの兵士が奥を覗くようにして助手席を見た。Lisa は身体を硬くして座ったまま、顔を向けなかった。ゲートガードの兵士はまたドライバーに目を戻すと、もう一度念を押した。今はまだ出ないほうがいい、と言った Kyle の言葉が思い出される。

「飲むんじゃねえぞ。いいか、ハンセンのプリズンにいるやつの半分はな、酒のせいであそこにいるんだからな」

するど軍曹は軽口で返した。

「じゃあ、あとの半分は女のせいだな」

ゲートガードの兵士がふっと笑った。この野郎、といった顔で、めんどくせえからもう行け、といったふうに手をゲートのほうへ振った。軍曹は車を出した。

フロントガラスに、ゲートの外の風景がゆっくりと迫って来た。初めて見る、基地の外の景色。と同時に、ゲート前でシュプレヒコールをあげている人々の姿も大きくなってきた。Lisa はそれをじっと見つめ、さらに身体を硬くした。

21

校舎内の廊下は、色とりどりの風船や、カラフルなビニールテープの飾りで覆われていた。おばけ屋敷だの、インスタ映《ば》えを狙った写真館だの、ゲームコーナーだの、映画館だの、喫茶店だのが各教室に作られている。廊下や階段の壁にはそれらを宣伝するチラシが何枚も貼られ、校庭のあちこちには出し物へ誘《いざな》う看板がいくつも立てられていた。校舎の外側には、細長い大きな垂れ幕が数本並んで吊るされている。三年生が演る劇の宣伝だ。これらは全部、生徒が手描きで作ったものである。こういうものは、あえて手描きのほうが良いとよくわかる。

生徒たちや一般客で、学祭の校内はすでににぎわい始めていた。

だが、舞はそういった喧騒から外れ、校内の一番奥にある軽音楽部の部室にひとりでいた。アンプに繋いでいないギターを提げ、一心に指の動きを確認している。

本番への緊張。まるで、飛び込んだことのない滝壺にこれから飛び込むような恐怖感に襲われていた。でもたぶん、これに打ち勝てた人だけが、あのステージに立てるんだ。舞は無心で指を動かしながら、大好きだった父方のおばあに昔言われた言葉を思い出していた。

「舞、『男は度胸、女は愛嬌《あいきょう》』って言うさ。でもあれはウソだよ。愛嬌なんかじゃ勝てないからね。女も度胸だよ」

曲の入りは大事だからよ、そこでほぼほぼ決まる。亮多がそう言っていた。だから舞は始まりのところを特に念入りに繰り返していた。

そこへ、部長の友寄と数人の部員が入って来た。舞は手を止めた。すると舞を見た友寄たちは、「あっ……！」と言ったまま、全員が黙った。舞はその反応に、「えっ？」となった。

青ざめた顔で、舞は全力で中庭を走っていた。なんで!?　そんなのウソ!!

職員室のある校舎へ急ぐ。すると前方から亮多と航太郎が来るのが見えた。舞はアッとなって二人目指して走った。亮多は激怒しており、航太郎はひどく顔をしかめている。舞は全力で走る勢いそのままに二人に駆け寄った。

「ねえホント⁉　自分たちのバンド出れなくなったってホント⁉」

「フッザけんなよなッッ‼」

亮多がやり場のない怒りを放つ。

「なんで自分たちだけ⁉」

航太郎が顔をしかめたまま自分のスマホの画面を見せた。

「これ見てよ。これが拡散されちゃったんだよ……」

そこにネットの動画が表示されている。舞は受け取ってそれを再生させた。

数日前、根間にうながされてライブハウスのステージに上がって三人で演奏した時の映像だ。自分たちの演奏がスマホのタテ撮りで撮影されている。そういえばあの時フロアにいた女性が撮っていた。

その動画がSNSに貼られ、すごく拡散されていた。

「これ見てさ、学校にたくさん電話が来ちゃったらしいんだよ。『このバンドのライブがあるんですか⁉』って。それを先生が取ってさ……」

諸見里先生が激怒したらしいのだ。亮多と航太郎を見つけると、引っ張って行って怒鳴った。

「どーいうことだわけ!?　対外活動は禁止って言わなかった!?」

学祭に集中しなさい。それまで対外活動は禁止。たしかにそう言われた。

亮多と航太郎はもちろん弁解しようとした。

「いや、あの、先生……!!」

「違うんですよ!!」

だが諸見里は聞く耳を持たなかった。それどころか手に持っていた一枚のチラシを二人に突き付け、さらに声のトーンを上げた。

「何が違うわけ!?　じゃあこれは何!?」

亮多と航太郎はそのチラシを見て絶句した。

「『大型バンド、デビューライブ』って何よ!!　学祭はあなたたちのデビューライブなの!?」

亮多たちが受け取って来たそのチラシを見て、舞も目を丸くした。

「ええーっ!?　なにこれ？」

「知らんし!!」亮多が吐き捨てる。

自分たちのバンドのライブが学祭であることを告知しているチラシだ。ところがまるでそのバンドだけのライブがあるように見える紙面である。

「でもこれ、自分たちがやったんじゃないよね!!」

「でももう先生キレてて何言っても伝わらないんだよ!!」

すると少し離れたところから、三人を呼ぶ声が飛んできた。

「おー、おまえたちー」

見ると、フェスのTシャツにジーンズ姿の根間が、片手をあげて笑顔で歩いて来るのが見えた。三人はそれを見て固まった。

根間は三人のところまで来ると、急に勢い込んで話し出した。

「おうおまえたち！　おまえたち今日すげえことになるよ！　ほら、こないだウチのステージで演ったやつ。あれを撮って、なんかわからないけどネットとかに上げてくれたらしいんだよ！　そしたらそれがとっても広まってよ！　それで俺も、録ったおまえたちのうた周りに聴かせたら、『ヤベエ!!』ってなってよ！　『学祭でライブあるる』って言ったら、みんなで広めてくれてよ！　おまえたち今日のライブ、伝説できるぞ伝説!!」

根間は一気にそう言ってから、舞が持っているチラシに気づいた。

「あ、そうそうこれ、俺が作ったんだよ」

胸を張る根間に、亮多と舞と航太郎は啞然とした。

空を、鳥の群れが飛んでいった。

亮多たちがことの次第を説明すると、今度は根間が言葉を失った。

「うそぉ……」

「や……マジっす……」

しばし固まった根間は、我に返ると急いでどこかへ向かおうとした。

「俺ちょっと先生んところ行ってくる！」

亮多と航太郎が全力で止めた。

「いや〜根間さん!!」

「それヤバいから!!」

「言わなくていいですよ!!」

たしかにことがもっとややこしくなりそうだと思って、根間はあきらめた。みんなどうしていいかわからず、中庭にあるベンチに並んで腰を下ろして黙り込んだ。四人で地面を見つめる。周囲には校内のにぎやかな学祭の音が満ちていた。

やがて、そんな四人の前に一つの人影が立った。地面を見ていた四人は、ン？と顔を上げた。

大輝が、四人を見下ろして立っていた。

＊

ベースを提げている亮多は、目の前の光景を驚いて見ていた。後輩部員たちの手で、学校の屋上にドラムセットが運ばれてくる。アンプも運ばれてきた。本来、こんなところに持ち込まれることなんて無い。

何もないだだっ広い校舎の屋上に、ドラムセットと、数個のアンプと、二本のマイクスタンドが置かれていく。その地面をコードが這《は》っている。周囲は遮《さえぎ》るものが何もない世界。パノラマで頭上に広がっている青い空。シンプルで、広大な空間だ。

基地の中からLisaがライブを聴きに来る。事情を話すと大輝は、「じゃあライブやればいいさ」と言った。方法がある、と。それがこの、校舎の屋上でのゲリラライブだった。亮多たちは大輝のアイデアに驚いたが、それに乗った。すると大輝は、使える後輩たちをすぐに集めた。

「それ、そのへんに置け!!　うん、ＯＫ!!」

大輝がてきぱきと後輩たちに指示を出している。普段はいつもだるそうで、熱くなることなんかまるで無い、あの大輝が。

数十メートルあるコードリールを運んで行こうとしている後輩がいた。

「えー!!　おまえそれ、そのコードどこに繋ぐかわかってるか!?」

「はい！」

「オッケー!!　頼むぞ!!」

こいつがこんなに声を張り上げてんの見るのは初めてだ、と亮多は思った。

ベースを提げた亮多と、ギターを提げた舞と、ドラムスティックを握った航太郎は、屋上の真ん中でセッティングの指示を出している大輝に歩み寄った。

「大輝」

亮多が呼ぶと、大輝は気づいて振り向き、照れくさそうに三人に顔をしかめた。

「や、俺、これはやれっけどさ、でもこれやったあとの責任は取れないよ。ほんとにやる？」

亮多はにやりとした。

「当たり前て!!」

航太郎が大輝をヘッドロックした。

「こいつ、うれしいことしてくれるやー！」

「……これ」

大輝は自分のスマホを出した。画面を点けてSNSのアプリを開く。亮多たちのあの演奏の映像が流れた。大輝はそれを見たまま言った。

「ぶっちゃけ俺、おまえなんかとこれ演れなかったの、後悔してる。でもおまえたち三人でも最高だよ。ぶちかませよ！」

三人に向いた大輝の後方には、地平が見えそうなほど広い世界が広がっていた。

「おう！」

笑んだ亮多の後方にも、はるか先まで見渡せる広い世界が広がっていた。

屋上からは、学校のグラウンドが丸ごと視界に入った。さざ波が立っているプールも見える。校門の外に並ぶ家々も、マンションも、全部見えた。その先には白くきらめく海も見える。

亮多と舞は青空の下で、それぞれ自分のスタンドマイクの前に立った。亮多はベースアンプにベースのコードを、舞はギターアンプにギターのコードを挿した。航太郎はドラムセットに座り、いつものように椅子の位置を調整した。

屋上の端で根間が愉快そうに腕を組んで見ていた。その足元には亮多と舞のカラのギターケースが投げ置かれている。

演奏する態勢になった三人は、前を向いた。向いた先には反対側の校舎が見える。廊下の窓という窓には学祭の飾りが所狭しと貼られ、校舎の横にはカラフルな垂れ幕が下がっている。廊下には行き交う生徒や一般客たちの姿が見えるが、屋上の三人に気づく者はまだいなかった。

こんなところでこんなことをやったらどうなるか？　わからないわけがない。俺たちだってバカじゃない。でもいいんだ、と亮多は思った。今この瞬間にしか、こいつらとしか、やれないことがある。それは、今やらなきゃ後悔する。

Lisaは、今もうこの校舎のどこかに来てるかもしれない。あのフェンスを越えて来てくれてるかもしれない。だから俺たちは今日、絶対にやらなけりゃならない。

「来てるかな、Lisa……」

ギターを提げて横に立っている舞も同じことを考えていた。

「わからんけど！」

叫んだ亮多は、後ろの航太郎を振り返った。ドラムセットの航太郎が前の二人に親指を立てる。演奏の準備は完了した。

その時、ブン……と、校内放送のスイッチが入る音がした。数十メートルの延長コードの先が運ばれた放送室で、そのジャックを挿した放送卓のスイッチを大輝が入れたのだ。

亮多は目の前のスタンドマイクに歩み寄って口を近づけた。

雲に入っていた太陽が、ちょうど顔を出した。屋上に光が射す。よし、行くぞ！　俺たちの初ライブだ！

「あー……。あー！」と亮多はマイクテストのようにしゃべった。校内のあちこちにある放送スピーカーからその声が流れる。手持ちの看板を持って一般客を誘っていた男子生徒が、チラシを配っていた女子生徒たちが、他校の生徒たちが、小さい子供を連れて来ていた夫婦が、その声に足を止めた。

「あー！　……歌います！　聴いてください！」

それだけ言った亮多は、舞と航太郎に視線を投げた。二人がうなずく。緊張はマックスに達した。でも、やってやるって気持ちのほうが大きい。このシチュエーションなんだ、思い切ってやらなきゃウソだろ！

フェンスを越えて来てくれたLisaに届けるんだ。だから最初のうたは、彼女のための曲に決まっていた。

亮多はマイクに口を近づけると、大きくひとつ息を吸ってから、歌い出した。

広い宇宙の数あるひとつ　青い地球の広い世界で

放送スピーカーから流れ出した音楽に、驚く人々がいた。

「なんだ!?　ライブもう始まってるさー!!」

小さな恋の思いは届く　小さな島のあなたのもとへ

「えっ、どこ、どこで!?」

その人たちの手には、根間が作って配ったあのチラシがあった。

だが学祭のプログラムを見た他の者が言う。

「でも軽音のライブ、まだだけど!!」

会場の体育館では、今はまだ何もやっていない。

あなたと出会い　時は流れる
思いを込めた　手紙もふえる

「どこでやってるば⁉」
探して走りだす人々が現れた。それは一人や二人の数ではなかった。

いつしか二人　互いに響く　時に激しく　時に切なく

拡散された動画で聴いた曲。それで興味を持ってライブを見に来た人が、校内のスピーカーから流れるこの音の出所を探し始めた。
演奏している亮多たちは、広い屋上の、青く広大な空の下にいた。

響くは遠く　遥か彼方《かなた》へ

陽の光を受けて、舞がギターを奏でる。屋上の地面を震わせて、航太郎がドラムを叩く。そして空を見上げて、亮多が歌った。

やさしい歌は　世界を変える

アンプから出た音は、すべてから解き放たれて四方へ飛んだ。

まさに音速の速さで。

届けたい人の心めがけて。

ほら　あなたにとって大事な人ほど　すぐそばにいるの

地平が見える。

世界が、自分たちだけのものに思える。

ただ　あなたにだけ届いてほしい　響け　恋のうた

「あそこだ!!」

対面の校舎の廊下の窓から、人々が屋上の亮多たちを見つけた。

音楽が聴こえる屋上を見上げ、校舎の下に集まり始めた人たちもいた。

ほら　ほら　ほら　響け　恋のうた

舞が奏でるギターの弦に陽光が走った。航太郎が叩くドラムのスネアも陽の光を跳ね返す。亮多はベースを弾きながらマイクから離れ、舞がうたを引き継いだ。

あなたは気づく　二人は歩く
暗い道でも　日々照らす月

亮多はベースを弾きながら周囲を見た。
ああ、世界はなんて広いんだ。気持ちいい。
俺はもう、ずっとここにいたい。
そして亮多は再び歌い出した。

握りしめた手　離すことなく　思いは強く　永遠誓う

舞と航太郎がコーラスを重ねる。

島渡る風が屋上を吹き抜けた。

永遠の淵　きっと僕は言う　思い変わらず　同じ言葉を

正面の校舎の廊下に、人がどっと集まり始めていた。すべての窓を開け放し、屋上の三人の音を聴く。

それでも足りず　涙にかわり　喜びになり

制服の者がいる。クラスの出し物を抜け出して来た者がいる。仮装している者がいる。宣伝用の看板を持っている者がいる。

言葉にできず　ただ抱きしめる

クラスで揃えたTシャツ姿の者たちがいる。制服の上にハッピを着ている者がいる。着ぐるみの者もいる。メイド服の者もいる。

　ただ抱きしめる

全員が笑顔だ。

　ほら　あなたにとって大事な人ほど　すぐそばにいるの

亮多と舞と航太郎は、三人で歌った。全員が楽器を奏《かな》でながら、三人で。

　ただ　あなたにだけ届いてほしい　響け　恋のうた

そして三人は感じていた、こんなステージで演奏ができる贅沢《ぜいたく》を。

　ほら　ほら　ほら　響け　恋のうた

マイクに叫ぶ口元を、ギターのネックを滑る手を、ドラムを叩くその背中を、屋上を渡る風が吹き抜けていく。
俺たちのうたを連れて。

夢ならば覚めないで　夢ならば覚めないで
あなたと過ごした時　永遠の星となる

人々はいつのまにか、大盛り上がりになって、一緒になって歌っていた。

ほら　あなたにとって大事な人ほど　すぐそばにいるの
ただ　あなたにだけ届いてほしい　響け　恋のうた

俺たちのうたは、どこまで行けるのか。

ほら　あなたにとって大事な人ほど　すぐそばにいるの
ただ　あなたにだけ届いてほしい　響け　恋のうた

高く！　もっと高く！　空へ！

どこまで届くのか、この歌声が！

　ほら　ほら　ほら　響け　恋のうた

風よ、このうたを、どこかで聴いているLisaへ！


三人は演奏を終えた。正面の校舎と、校舎の下に集まっている観客たちから、大きな拍手と歓声が上がった。亮多と舞と航太郎は目を丸くしてお互いを見た。

拍手が鳴り続ける。三人は再び目を見合わせて苦笑した。屋上の端にいる根間も拍手を贈っている。舞が照れてはにかんだ。

亮多は調子に乗り、「よっしゃ!!　次行くぞッ!!」と叫んだ。舞と航太郎がすぐにスタンバイする。

三人はマイクに口を近づけた。最初に全員で叫ぶ、あの曲だ。みんなをもっと乗せてやる！　三人は叫んだ。

「Don't worry!!　Be happy!!　It's my life!!」

ところが次の瞬間、ブツッという音とともに、亮多たちの楽器の音が放送スピーカーから掻き消えた。途端に屋上のアンプからだけの音量になり、対面にいる校舎の観客たちが「あれっ？」という顔になる。

亮多たちも音がしぼんだのに気づき、エッとなった。思わず演奏をストップする。

「あれっ……？」

このとき放送室では、与儀が、卓に挿された延長コードのジャックを怒りの形相で引き抜いていた。

22

Lisaは、KyleとNatalieに連れられて家に戻った。

ゲートの建物の中にある部屋で二人を待っていた時、Lisaは二人が駆けつけるなり、その場で怒られると思っていた。ところがやってきた両親は、Lisaを保護してくれたゲートの兵士たちにお礼を言うと、何も言わずにLisaを連れ帰った。

家へ戻る車の中でも、後部席に座るLisaに対し、両親は一言も言葉を発しなかった。意外な事態に驚いているのかもしれないし、きちんと話せる場を待っているようでもあった。

家に着き、重たい空気のリビングに入ると、Natalie は Lisa に「座りなさい」と言った。Lisa はソファーの端に座った。

同じソファーの Lisa のとなりに Natalie が座り、Lisa を挟むようにして一人がけのソファーに Kyle が座った。Lisa は怖くなり、ソファーに深く背を沈めた。

「どこへ行く気だったの」

Natalie が口を開いた。だが Lisa は前方を睨んだまま答えなかった。それを見て、Kyle があえて穏やかな口調で話し出す。

「あの軍曹とも話した。彼はいい人物だ。たぶん、何かおまえを助けてやろうとしただけだろう」Kyle は覗くように Lisa の目を見た。「どうして基地の外に行きたかったんだ？　私たちにも言えないようなことなのか？」

Natalie は怒りが沸騰《ふっとう》してきている様子だった。

「外の騒ぎを知ってるでしょ!?　この子ね、このあいだもフェンス越しに、外の誰かと話してたのよ!?」

マイと話してたのを見つかった時のことだ。まるで汚らわしいことでもしてたかのように言った Natalie を、Lisa は思わず睨んだ。

Kyleもやや苛立ち、Lisaを責めるような口調になった。

「ゲートの外の抗議の人々に囲まれて、車を止められて、もう少しでおまえは外の騒ぎに巻き込まれるところだったんだぞ!?」

それを聞いてLisaの中の何かが切れた。何も知らないくせに!!

「もうとっくに巻き込まれてるよ!!」

Lisaはそう叫ぶなり、立ち上がって自分の部屋へ走った。

「Lisa!」

Natalieが呼んだが、Lisaはそのまま部屋に飛び込んでドアを閉めた。

ベッドに飛び込んで突っ伏す。そのまま泣いた。

ゲートを出た車は、抗議活動をしている日本人の集団に、なぜかいきなり取り囲まれた。車は動けなくなり、車内のLisaは驚いて窓の外の人々を見た。人々は車内に向かって日本語で何か抗議の言葉を叫び、プラカードをフロントガラスに押し当ててきた。ゲートガードの兵士たちが駆けつけ、Lisaが乗っている車の周囲でもみ合いになる。日本の人たちを車から引き剝《は》がそうとする兵士たち。抵抗する日本の人たち。恐ろしくて、そして悲しい光景だった。

やがてゲートガードが誘導して、車はバックさせられた。そのあと車から降ろされたLisaは保護され、両親が呼ばれたのだった。

でも、あの二人は知らないんだから、あんなふうに怒るのも無理はない。私が外で起きた事件とどう関係してるかを知ったら、亡くなった彼をじつはよく知ってたと知ったら、どう思うだろうとLisaは思った。いっそ、言ってしまおうか。

でも、とLisaは思った。

言ったら、たぶん自分は、事件のことを調査しているMPのところで、彼と何をしてたか、何を話してたか、いろいろ訊かれることになるだろう。彼とのことは、そんなふうに話したくない。彼と過ごしたあの時間のことを、言葉に置き換えたりしたら、台無しになる気がした。あのフェンスでの繋がりはLisaにとっては、そんなふうに他人と共有したくない、自分の中に大切にしまっておきたいことだった。

＊

「停学？」

慶子はそう言うと、横に座っている亮多を睨んだ。亮多は隣に座る慶子の視線を横顔に感じたが、前を向いたまま目を向けなかった。

学校の応接室に、亮多と舞と航太郎の親が全員呼び出されていた。窓は夕焼けで赤く染まっている。それを背にしている与儀と諸見里が少しシルエットになっていた。航太郎の母の満江《みつえ》が、これも自分の隣に座っている航太郎をあらあらという顔で見た。

「大変なってるさー、この子は。高校ぐらいは出してやろうと思ってたのに……」

漁師の妻らしく、恰幅《かっぷく》が良くておおらかそうである。

「ああいえ違います、お母さん！」与儀があわててフォローした。「退学ではありません、停学！　なので高校は卒業できますよ」

すると腕を組んで聞いていた航太郎の父の昌盛が口を開いた。

「まあ、うちの息子には、『好きにしれ』って教えなので構わないですけど、他のお子さんたちに申し訳ない。謝れ！」

いきなり航太郎を怒鳴りつけた昌盛に、あわてて慶子が言う。

「いえそんな、どうせウチの子が言い出したんですよ！　ほんと、バカなんだから!!」

そのあいだ、舞の横に座っている一幸と静代は、与儀から停学という言葉を聞いて以降、絶句した顔のまま固まっていた。

学祭の初日が終わった。校内の飾りつけはそのままで、人はもうほとんどいなくなっている。まるで祭りのあとのようなさびしい光景が夕焼けに包まれていた。

与儀たちとの面談を終え、校舎から出てきた亮多と舞と航太郎、そしてそれぞれの親たちは、日中の喧騒から打って変わってしんとした雰囲気になった校内を、校門へ向かって黙って歩いた。

どこかに付けられていたはずの飾り用の風船が一つ、地面に落ちていた。亮多はそれをぽかんと蹴飛ばした。するとその亮多の頭を後ろから慶子がパシッと叩いた。亮多はイテッと慶子に向いたが、睨んでいる慶子の顔を見て、また黙って前を向いて歩いた。

亮多と舞は、それぞれベースとギターの入ったギターケースを背負っている。黙って歩く舞に付いていくように、その後ろを一幸と静代が歩いていた。二人はショックから、結局一言もしゃべっていない。

すると、前を歩く舞のギターケースをじっと睨んだまま歩いていた一幸が、突然そのギターケースをガッとつかんだ。舞が「えっ!?」と驚く。周りも気づいて驚いた。

「あなた!?」

静代が叫んだ。

「この……！　このッ……！」と、舞の背から無理やりギターケースを剝ぎ取った一幸は、ネックの部分を握ると思い切り振り上げ、いきなりハンマーのようにそれを地面に打ち下ろした。

ガアン、と、凄まじい衝撃を受けたギターがケースの内部で悲鳴をあげて壊れる音が聞こえた。一幸はそれを地面に投げ出して、舞に怒鳴った。

「おまえは、何をやってるんだ!!」

怒りの収まらない一幸は、地面に転がったそのギターケースをさらに思い切り蹴飛ばした。蹴られたそれは、くしくも舞の足元まで、ガガガガッと地面を滑ってきて止まった。舞は目を見開いてそれを見下ろしたまま、立ち尽くした。

みんなが、言葉を失ってその様子を見ていた。

怒りで荒い息をする一幸は、そのまま背を向けてまた歩き出そうとした。

するとその時、硬直したように立ち尽くしていた舞が、身体の中にある全部の息を吐き出すかのようにして渾身《こんしん》の力で叫んだ。

「何するわけッッッ!!」

全員が驚愕して舞を見た。

驚いて振り向いた一幸を、舞はまっすぐ睨みつけて叫んだ。

「お父さん、お兄ちゃんのうた、ちゃんと聴いたことある!?　お兄ちゃんのステージ、見たことある!?　スゴかったんだから!!　ホントにスゴかったんだから!!」

一幸は驚いて舞を見ている。

「お兄ちゃん、勉強ができることなんかよりもっともっとスゴいことやってたんだよ!!　たくさんの人の心つかんでたんだよ!!　それなんもわかってないくせに!!」

全員が驚いて舞を見ていた。

「音楽がたくさん大切なこと教えてくれるって、お兄ちゃんに教わったんだよ!!　お父さんじゃない!!　大切なことは、お兄ちゃんに教わったんだから!!」

舞は足元に転がっているギターケースにまた視線を落とした。歩み寄ってしゃがむと、それにそっと手を伸ばす。

「何でこんな……」

地面からギターケースを拾い上げた舞は、大事そうにそのままそれを抱きしめた。

誰も何も言わなかった。しゃがんだままギターケースに入っているギターを抱きしめている舞を、言葉を失って見つめていた。

23

亮多はひとりで歩道を歩きながら、先日の舞のことを考えていた。

あいつが慎司のことを、そんなふうに思っていたとは知らなかった。俺が航太郎や大輝と一緒に慎司の家へ行っても、すぐに自分の部屋へ行っちまって、俺たちとか慎司にはまるで関心が無いのかと思ってた。

でも、と亮多は思った。慎司がギターを弾いてる姿は、男の俺でも見入ってしまうほどさまになってた。他の時は目立たないやつなのに、ギター持ってる時だけは別だった。あいつはその慎司を、一番近くで見てたんだよな、と思った。ギタリストの慎司を、すぐそばで。

手に持ったビッグマックセットの入っている紙包みをぶらぶらさせながら帰って来た亮多は、裏手にある二階の家への入り口ではなく、一階の慶子の店に客のように入っていった。

一ドル札が壁に貼られている、日中でも夜のにおいのする店内。店は昼間から飲みに来るアメリカ人のためにもう開いていて、カウンターの中には慶子がいた。

慶子は入ってきた亮多の紙包みを見て顔をしかめた。

「またマック？」

「だったら昼メシ作ってくれよ」

停学中はヒマだ。亮多は店内のテーブルの一つに腰掛けた。

「えー、そこで食べるな」

「客いないさ。アメリカー来なくなったら、この店つぶれるて」

あのひき逃げ事件以降、米軍内に外出禁止令が出されると、慶子の店のような米兵相手の店は当然客足が途絶えた。禁止令が解除されたあとも、基地外でのトラブルを警戒しているのか、慶子の店は客足が遠のいたままだった。それでなくても最近は、米兵の遊び場は基地周辺よりも北谷《ちゃたん》などの新しい街に移っている。

「バァカ。こんなこと今まで何度も何度もあったわけさ」と慶子は、「何度も」にひときわ力を込めて言った。基地をめぐる騒動に振り回されてきた人生である。「今さら驚かないよ」

亮多はテーブルにビッグマックとポテトとコーラを出して食べ始めた。慶子が冷たい目で見る。

「沖縄は長寿の島だっていうけどね、マック食ってポテト食ってコーラ飲んでたら、あんたらの世代はもうダメだね」

「いいわけよ。俺は太く短く生きるんだよ」

それを聞いた慶子は黙った。誰かを思い出している目をする。それから亮多に訊いた。

「あんた、お父さんと話してみたいとか思う？」

「ええ？」

亮多は少し面食らった。「なんでそんなこと言うわけ」

「ん……なんとなくね。あの人だったら今のあんたに、なんて言うかなって思っただけど」

亮多はちょっとムッとした。「懲《こ》りたって言ってたさ、あんなやつ」

亮多には二人がケンカしている光景しか思い出せない。そのすべてが、慶子の元夫のカネか別の女をめぐるトラブルだ。慶子も嫌なことを思い出したという顔をした。

「あたしは会いたくはない。うん、ちょっと思っただけ」

亮多の父は、働かない男の典型だった。仲間と飲んでばかりいて、慶子に離婚されたあとも元妻の店に飲みに現れるような適当な男だった。

慶子よりも十一歳年上で、十歳の時に沖縄の日本復帰を経験している。復帰前は自分の兄たちと基地に忍び込み、米軍の物資を盗んできたりしてたらしい。見つかって撃ち殺されていてもおかしくなかった。それでいて、アメリカに憧れ、アーミールックで歩いていて酔ったマリーンに殴られたこともあったという。

「一九七二年よりあとは老後さぁ」とも言っていた。沖縄が日本に戻り、あとはメシを食えりゃいいだけになった、と。「日本復帰の日を、記念日って言うのはおかしい」とも言っていた。「それを祝うのは、なんか違う」と。

この島を「蹂躙《じゅうりん》され続けた島」だと言い、だがとてもここが好きだった。だからこそ、いろんな問題に振り回され続けるこの島の状況を見ているのが我慢ならなくて、沖縄から出て行ったんだと思う。野球が死ぬほど好きだったあの男は、興南《こうなん》が甲子園で優勝するのを見届けると、この島を出て行った。本土へ渡り、今はどこで何をしているのかもわからない。

「そうだな、ちょっと話してみたいかな……」亮多はぽつりと言った。

すると慶子は目を丸くした。

「あー、そうね？　意外ね。へえ、話してみたいんだ……」

亮多は自分でも意外だと思った。でも以前とは少しあの人への感情が変わった。本土で何しているのか知らないけど、そっちはどんな感じなのか聞いてみたかった。

＊

航太郎は柏手《かしわで》を打ち、目を閉じて、海に出る前に拝む火の神に手を合わせた。漁の安全を祈願するための儀式。隣では同じくウェットスーツ姿の昌盛が、同様に拝んでいる。

今日は漁だ。停学処分になってから平日の昼間も家にいるので、父とともに漁に出る機会が増えた。

儀式を終えた昌盛と航太郎は、漁へ出るための準備を始めた。網などの入った道具入れを持ち、いったん漁具置き場の小屋から出る。今日は快晴、青空だった。

航太郎は小屋を出て不意に頭上に青空が広がった途端、思わず立ち止まって仰ぎ見た。屋上ライブのことが思い出された。広がる空の下で思い切り叩いたドラム。置かれたアンプから放たれた音が、航太郎の耳に蘇り始めた。航太郎はたたずむと、全身でそれに耳を澄ました。

「航太郎」

昌盛の声で我に返った。昌盛が、漁具入れから出した足先に付けるフィンを一組差し出している。航太郎は自分が使うためのそれを受け取った。昌盛は持っていく漁具をさらに選んでいる。航太郎はその姿をじっと見つめた。そして選び終えて身体を起こした父に言った。

「……親父」

海のほうへ歩き出そうとしていた昌盛は足を止め、「ん？」と向いた。

「俺、卒業したら継ぐよ、この仕事」

昌盛は航太郎をじっと見つめた。

「音楽をやるんじゃあないのか」

「音楽は、やりたければどこでもやれるってわかったから」

昌盛は航太郎の本心を探るように航太郎を見ている。

「世の中には、もっと楽にやれる仕事もあるぞ」

航太郎はすがすがしい顔で笑んだ。

「でも、伝統漁、俺で残していけるんだったら」

すると昌盛は苦笑して、海のほうへ歩き出しながら言った。

「どうかねえ。おまえ《ヤー》は魚《イユ》のことも潮のことも、まだなんもわかってないからや」

航太郎も並んで歩き出した。

「まあ、DNAでなんとかなるさ」

「なに？」

「なんでもない」

漁具を持ったウェットスーツ姿の二人は、陽光がきらめく海へと下る坂を並んで歩いて行った。

＊

舞は、慎司のレスポールのピックアップ・セレクターに貼ってあるガムテに指で触れた。

父がハンマーのように地面に叩きつけたレスポールは、家へ戻ってギターケースから出してみると、案の定、悲しい姿になっていた。ネックを握って振り下ろし、ちょうどケーブルを接続するジャックのところが地面にヒットしたのだろう。そこを起点にボディの表板が大きく割れていた。ジャック自体も外れかけ、衝撃で弦は三本外れ、ボディのサイドにもヒビが入っている。ピックアップのネジも取れかけていて、ネック折れしそうなほどのヒビもネックの表面に走っていた。

そんな姿のせいで、ピックアップ・セレクターに貼られているガムテは、まるで傷ついた身体に貼られた絆創膏のように見えた。

あれから父とはしゃべっていない。舞はほとんど部屋にこもり、父はだいたい外出していたから顔を合わせることもなかった。母の話では、新しい就職先のための面接に行っているという。舞はそれを聞いても何も言わなかった。

あのことがあった翌日、母のほうは「舞……ちょっといい？」と部屋へ来た。

「お父さんもね、本当にいろんなことがありすぎて、余裕が無かったわけさ……。ごめんね」

けれど舞は、それにも何も答えなかった。慎司の部屋から持って来たもう一本のギターのストラトを膝に抱え、爪弾いたまま目も向けなかった。母はギターを爪弾いている舞の姿を見て、なぜか涙ぐみ、黙って出て行った。

Lisaは、どうしてるんだろう。舞はあれから何度かフェンスのあの場所に行ってみた。けれどLisaの家は静まり返っていて、Lisaが出てくることは無かった。

Lisaに会えてないことは、亮多と航太郎にLINEグループのメッセージで報告した。すると、あの日ゲート前で大きな騒動があり、ゲートが一時閉鎖されたというネットニュースを航太郎が教えてくれた。Lisaは出てこれなかったのかな。もしかしたら両親に見つかって、家からも出れなくなってるのかな……

そんなことを考えながら、壊れたレスポールを見つめていると、窓の外の遠くに何かが見えた。舞は驚いて顔を上げた。

いつも会っていたフェンスの場所は、死角になっていて家からは見えない。だが基地内の芝生は見える。その芝生を、今しもワンピース姿のLisaが、自分の家のほうへ戻って行くのが見えた。

舞は立ち上がった。待って!! すぐに自分の部屋から飛び出した。

家の玄関から駆け出た舞はフェンスに向かって全力で走った。基地の中を見ながらフェンスに沿って走り、いつもの場所へと急ぐ。遠くに見えるLisaの家が自分の正面に回り込んで見えてきた。だが基地内の芝生にLisaの姿は無い。いつもの場所へ来た舞はLisaの家のほうを見ながらその場を右往左往して、Lisaの姿をフェンスの向こうに探した。だが、いない。

すると、足元の地面に何かが落ちているのに気づいた。それは牛乳パックほどの大きさの包み紙だった。拾い上げると、表面に手書きで『To MAI,RYOTA,KOTARO（マイとリョータとコータローへ）』と書いてあった。

24

Good-byeが日本語で「サヨナラ」だということは、Lisaは知っていた。

だから基地内の売店《PX》で見つけたその人形が「SAYONARA DOLL」という名称だと聞いた時、「なんて素敵な名前！」と思った。サヨナラドール……なんて美しい響きなんだろう。

最初は、基地内にあるショッピングモールの売り場に、こけしと言われる日本の人形によく似た姿のこの人形が多く置かれているのが珍しくて、たまたま手に取ってみただけだった。でもそれは普通のこけしと違い、胴体の部分が紙の巻物になっていて、そこに寄せ書きをするためのものだという。この基地へ来た兵士が異動で離れる時、ここで知り合った地元の人たちにメッセージを書いてもらい、記念に持ち帰るための人形だった。

Lisaは、これだと思った。使い方が逆になるけど、私はこれに彼らへのメッセージを書いて贈ろう。そう思いついたLisaは、まったく同じ物を二つ買った。一つは、メッセージを書いて彼らに贈るための物。そしてもう一つは、自分が記念に持っていくための物として。

記念の物なんて無くても、私はここであったことを忘れない。でもこのサヨナラドールは、きっと私がこの先どこへ行っても、ずっと私の部屋に飾られているだろう。両親にとってこの沖縄がどう印象に残ったのかは知らないけど、彼らがどう思っても気にしない。私はずっとこれを自分の部屋に飾り続けると思う。

家に帰ったLisaは、途中になっていた荷造りはそっちのけで、サヨナラドールに彼らへのメッセージを書き始めた。

父の異動が急に早まったと言われた。異動先の基地で欠員が出たらしい。だから急いで荷物をまとめなければならなくなった。けれど異動が早まったことを、両親は喜んでいるようにも見えた。なぜ基地から出ようとしたのか、どこへ行こうとしたのか、頑《かたく》なに言わないLisaを不審に思って、少しでも早くここを離れられるほうが良いと思っているようだった。

Lisaはメッセージを書いたサヨナラドールを紙包みに入れ、しっかりと封をして、表にペンで『To MAI,RYOTA,KOTARO』と書いた。私が彼らへ渡す方法はこれしかない。もし誰か他の人がこれを拾ったとしても、きっとマイやリョータやコータローの手に届くはず。フェンスの前に住んでいるマイのもとへ。だって、あのフェンスの向こうの人たちは、きっとみんないい人だから。

そしてLisaは、もしかしたらと思って着替えた。マイと偶然会えるかもしれない。着替えたのは、学祭ライブの日に選んで着て行ったワンピースだった。

でもやはり、フェンスにマイは来なかった。ここにいるところを親に見られたくない。もう戻ろう。Lisaはフェンスの金網とその上に張られた有刺鉄線のあいだから向こう側へ包みを落とそうとした。けれど背伸びをしても届かなかった。だから金網に片足をかけ、身体を持ち上げて、そこから包みを通した。

Lisaはフェンスの向こうの地面に落ちた包みを金網越しに見つめた。そこに落としたのは、彼らへの感謝だった。

家へ戻って自分の部屋に入ったLisaは、途中になっている荷造りの箱の前にぺたりと座った。そしてふと、窓のほうを見た。開け放している窓から吹き込んだ沖縄の風が、顔に当たった。それはとても優しい風だった。

＊

紙包みから出てきた人形を見て、亮多は驚いた。

「サヨナラドールだ……」

「サヨナラドール？」

亮多と舞と航太郎は、亮多の家に集まっていた。舞が二人に連絡したのだ。

亮多は米兵が多く来る店で育ったので、子供の頃から何度かそれを見たことがあった。これは、知り合った米兵に地元の人が寄せ書きをして渡す人形だと、亮多は舞と航太郎に教えた。基地の中で売っているものだ。

航太郎は初めて見たそれを驚いて見つめ、つぶやいた。

「琉装《りゅうそう》だ……」

そのサヨナラドールは、沖縄の伝統衣装の着物姿をしていた。

琉装とは沖縄の民族衣装で、日本の和装とは違い、帯を使わずに腰紐一本で締める着物である。紅型《びんがた》と言われる手の込んだ染色技法で染められる南国風のカラフルな柄が特徴で、中でも黄色地のものが最上とされている。このサヨナラドールは、その黄色地の琉装の着物を着て、頭には花を象《かたど》った沖縄独自の大きな花笠を被っていた。

サヨナラドールは全国の米軍基地内で売られており、普通の和服姿のものもある。沖縄の基地でも琉装だけでなく和服のものも売られている。けれどLisaは琉装のほうを選んでくれた。自分が来たのは、日本の他の基地ではなく、沖縄だという証しだった。
亮多が胴体の巻物を開いた。
そこに綴《つづ》られている、Lisaが書いた英文のメッセージが現れた。

Dear Mai, Ryota, Kotaro,（マイ、リョータ、コータローへ）
I'm leaving Okinawa sooner than expected.（私は、予定より少し早く、沖縄を離れることになったの）
It was a really short time, but I'm really glad I could come to Okinawa and to meet you guys. Even though, I'm really sad that I couldn't see you guys play.（短いあいだだったけど、沖縄に来れて、あなたたちに会えて本当に良かった。あなたたちのライブが見れなかったのは、すごく残念だけど）
I remember, Shinji'd taught me an Okinawan expression.（前に、シンジが教えてくれた、沖縄の言葉があるの）
"Ichariba Chode!"（『イチャリバチョーデー！』）
"Once you meet, we're families." I love this expression!（『出会ったら、みんな兄弟』私、この言葉、大好き！）

Life is a journey. I was only on this island by chance this time, but I'll come again, next time, to see you guys. With a passport! See you again. Until then, Bye!（人生は旅よ。今回は、私はたまたまこの島に寄っただけ。でもまた来るね。今度はあなたたちに会うために、パスポートを使って！　また会おうね。その時まで。バイ！）

＊

その夜、舞はLisaのサヨナラドールを自分の勉強机の上に置いた。何も書かれていない真っ白い紙を、その前に広げる。お気に入りのシャーペンを出す。そして自分のスマホのイヤホンを両方の耳に挿した。音楽ファイルを再生する。ギターを爪弾きながら新しいメロディーを口ずさむ兄の歌声が聴こえてきた。あれから何度も聴き返したデモ。舞はそれを聴きながら、目の前のサヨナラドールを見つめた。

一つの光景を思い出した。あれも兄がフェンスで彼女と会っているのを偶然見かけた時だ。どこかから帰ってきた私は、フェンスを挟んで兄がLisaと会って話しているのを見かけた。その時の二人はイヤホンで音楽を聴いてはいなかった。

何を話してるのか気になったが、二人は自分に気づいてなかったので、離れたところを気づいていない振りをして通り過ぎようとした。すると何かを伝えようと熱心に言っている兄の声が耳に飛び込んで来たのだ。

「イチャリバチョーデー！」

驚いて思わず二人のほうを見てしまった。それでも二人は自分に気づかなかった。兄はその言葉を金網越しに相手に教えようと、もう一度言った。

イチャリバチョーデー。出会ったらみんな兄弟。おばあに教わったことを思い出す。この島は海の真ん中にあって、昔からいろんな人が来ては去っていくところだから、そういう考え方が生まれたわけさ、と。

私は足を早めてその場から去った。そして立ち去りながら、こう思ったのを憶えている。フェンスを挟んで『出会ったらみんな兄弟《イチャリバチョーデー》』って、すごいね、お兄ちゃん。

舞は目を閉じて、言葉が降りて来るのを待った。

それからゆっくりと目を開くと、真っ白い紙の一番上に『SAYONARA DOLL』というタイトルを書いた。

作った歌詞を、舞はLINEで亮多と航太郎に送った。

階下に降り、深夜の台所でお茶を飲もうと冷蔵庫から出す。まず航太郎からスマホに返信が来た。歌詞を読んだ航太郎は『グレイト!!』と、サムズアップのマークとともにメッセージを送ってきた。舞はそれを見てちょっと笑んだ。

お茶を飲んでから、誰もいないリビングのソファーに座った。今度は亮多からのメッセージが入った。『やっと歌えるなー!!』とピースサインが添えてある。舞は少しほっとして笑んだ。

するとそのリビングへ一幸が入って来た。舞が一人でいるとは思わなかったといった顔で驚く。舞も少しどきっとした。

一幸は黙って別のソファーに座った。舞は目を合わさずに座っていた。気まずい空気が流れた。

やがて、一幸が口を開いた。

「……このあいだは、わるかった」

舞は、なんだか自分もわるいことをしたような気になって、思わず視線を落とした。

「ギターって、修理はできるのか？」

舞は、ぼそっと答えた。

「もういいよ。お兄ちゃんのギター、もう一本あるし」

するとー幸は言った。

「いや、直したいんだよ」

舞は一幸を見た。一幸も舞を見た。二人は久しぶりに目を合わせた。

25

歌い終えた亮多は、手応えを感じた顔で舞と航太郎を見た。

「どうね!」

「うん」演奏を終えた舞が笑んだ。

「できたや」ドラムセットの航太郎も笑む。

「よし、根間さん呼んでくる!」

亮多は提げているベースを下ろすと、練習スタジオから飛び出して行った。

三階の練習スタジオから階段を駆け下り、一階の入り口カウンターにいる根間のところへ行って、三階へ引っ張って来た。慎司が残した新しい曲ができた。それを根間に聴いてもらうべく、三人はまた演奏の準備に入った。

歌詞が書かれた紙を根間に渡す。例によって根間は、パイプ椅子を反対に向けてまたがって座り、歌詞の紙を持った腕を椅子の背もたれに載せて聴く態勢になった。

アレンジは前から始めていた。ようやく今、舞の歌詞が付いた。

三人は演奏した。根間は真剣に耳を傾けていた。

曲の終わりの亮多の歌声と、曲を閉じる舞のギターの音色が、スタジオの真ん中あたりに溶けて消えた。すると根間は笑んだ顔で何度もゆっくりうなずいた。

「いいうただ」そして舞に言う。「想いが込もった、いい歌詞だ」

Lisaのことは、根間にも話していた。学祭へ呼んで演奏を届けたかった人。

「根間さん、これ、録りたいんですけど」と亮多が言った。

根間が眉をひそめる。「ん？　もう？」

「CDに焼いて渡したいんです」

「Lisaが出て行っちゃう前に」と舞が続ける。

航太郎も言った。「あと、俺たちの曲、他のも全部入れて」

根間は真剣な三人の顔を見た。

「そうか。わかった。録ろう」

三人は、よしっ、と顔を見合わせた。根間はそんな三人を眺め、椅子から立ち上がりながら言った。

「おまえたち、ライブやらんか？　うちの箱貸すから。このあいだのお詫《わ》びだ、箱代はいいから」

が、はたと気づいて顔をゆがめた。「ああ、そうか。でも停学中にダメかー。俺また何言ってるかや！」

いかんいかん、またバカをやるところだったと根間は自分の頭を掻いた。ところが亮多が「いや！」と返した。根間が顔を上げる。

「やりたいっす！」

そう言って舞と航太郎を見る。

「やりたいです」

舞も答えた。航太郎が満面の笑みでドラムセットから強くうなずく。

「おお、そうか!!」

亮多が笑みを浮かべる。「やっぱ、バンドはライブやってなんぼなんで」

「おおっ、そうだよな！　そうなんだよ！　よし!!」

根間は俄然《がぜん》やる気が出て、両の拳を握った。が、その時ふと、自分が手に持っている歌詞の紙に気がついてそれを見た。

バンドはライブをやってなんぼ。根間は、演奏を見せたかった人への想いが込もったそのうたの歌詞を見つめた。そして三人に目を戻すと、その紙を突き出した。

「けど、だったら、これも……」

＊

ボディにステッカーが何枚も貼られ、油性マジックでファンキーな落書きがしてあるロックな外観のバンを、根間が運転していた。助手席の亮多も、後部席の舞と航太郎も、皆押し黙って座っていた。

窓の外に景色が流れている。

亮多は最初は根間の提案に驚いた。そんなこと、できるのか？　でも乗った。もちろん舞と航太郎もうなずいた。

やがてバンが疾走している道路の片方が急に広々と開け、どこまでも続く長いフェンスが道路に沿って現れた。そちら側は高い建物が何もない広々とした米軍基地、アメリカだ。沖縄ではよく見る光景。けれど亮多と舞と航太郎は三人とも、見慣れているはずのそれに目を向けた。点在している基地内の住居の景色が流れて行く。

根間が運転するバンはいったんフェンスから離れ、住宅街に入った。入り組んだ狭い道を走る。するとまたフェンスが見えて来た。舞の家が近い。フェンスに沿って走りながら、後部席から舞が根間に道を教えた。バンは舞の家の前を通り過ぎ、少し曲がった奥で停まった。

四人は車を降りた。フェンスのあの場所へ行く。金網越しに基地内を眺めて、根間が訊いた。

「どれだ？」

亮多が正面に見える住居を指差す。

「あの家」

Lisa の家は、人の気配が感じられないほど静かに見えた。もはや誰の家でもないように思える。

「まだ居るのかね」根間は目を細めたが、「よし、とにかくやろう！」

根間と航太郎がバンに取って返す。亮多は舞を見た。たたずんで Lisa の家をじっと見つめている。もしかしたら、もう出て行ったのかも……。舞は不安に駆られた顔で家を見ていた。

「舞ッ！」

亮多が強く呼ぶと、舞は我に返った。二人も準備のためにバンへ戻った。

根間がバンの後部ハッチを開ける。ドラムセットやアンプなどの機材がぎっしりと積まれていた。それらを皆で運び出す。根間は手慣れた様子でてきぱきと楽器をセットした。ドラムのシンバルをスタンドの軸に通してネジを締める。フェンスの前の狭い草地にゴムマットを敷き、その上にドラムセットのバスドラを置く。スタンドマイクを草地の地面に立てる。何本ものコード類をアンプに繋ぐ。電源は根間の車から取った。マイクに「チェック、チェック」と言ってみて、マイクヘッドを叩く。ドラムに座ってみて、スネアの位置を確かめる。

すると、ひとりで散歩していた近所のおばあが足を止めた。沖縄のおばあはよくひとりで散歩して、好きなところで休憩している。それが長生きの秘訣《ひけつ》らしい。

「何してるねー？」

「あ、おばあ。すぐ終わるから。ごめんね」

根間が手を休めずに答えた。亮多はベースのチューニングをしながら基地のほうを見て思った。そうだ、すぐやって、すぐ立ち去らなければならない。基地のそばで不審なことをするのは危ない。基地のほうに向かって演奏の準備をしている俺たちは、ハタから見たらどう見えるのか。

セッティングができた。

チューナーとディストーションが草地の上に置かれている。屋外の地面に置かれたドラムセットとスタンドマイクと大きなアンプは不思議な存在感があった。どこに置いても、そこがステージになる、有無を言わせぬものがあった。

航太郎がドラムセットに座り、ベースとギターを提げた亮多と舞がそれぞれのスタンドマイクの前に立った。フロントに並んで立つ亮多と舞から、目の前にあるフェンスの金網まではわずか二メートルほど。そしてその向こう側に広がっているのは広大な基地内の芝生だ。まるで観客が一人もいないフェスの会場のようでもある。そしてその芝生のさらにずっと向こうには、戦闘機の飛び立つ滑走路があり、それを仕舞う格納庫があり、迷彩服姿の米兵たちが行き交う風景があるはずだった。

ベースのネックを握る手に、基地のほうから吹いてきた風が当たった。

亮多と舞と航太郎はLisaの家を見た。三人の周囲に置かれている大きなアンプが全部、まっすぐフェンスに向けて、いや、フェンスの彼方のLisaの家に向けて置かれている。あそこまで届けばいい。もしまだあそこにいるなら、Lisaの耳にだけ届けばいい。

「よし、オッケー。鳴らしてみろ!」

バンから根間が言った。

舞はスニーカーを履いた足でチューナーを踏んでミュートを切った。航太郎がドラムスティックを握っている両手に力を込める。そしてそのスティックでいきなり両方のスネアを力一杯叩いた。それに合わせて亮多と舞もベースとギターを思い切りガアーンとかき鳴らした。まるでLisaの家めがけて音をぶん投げるように。ここに生のギターとベースとドラムがあるぞと、大声で叫ぶように。

放たれた音は放物線を描いて広い芝生を飛び越え、Lisaの家に届いたはずだった。

「Lisaー!!　ライブやるぞー!!　来いー!!」

亮多がマイクで叫んだ。スティックを止めた航太郎が笑む。だが舞は、祈るような目でじっとLisaの家を見ていた。もうあそこから、いなくなってしまったのかもしれない。

だが、その時だ。その家の玄関のドアが勢いよく開いてLisaが飛び出して来た。

舞はハッとなった。

Lisaは全力で走って来る。広い芝生を、まっすぐ彼らのほうへ。

「Lisa!!」

舞は思わず持ち場を離れてフェンスへ駆け寄った。

明るい髪をなびかせ、服の裾をはためかせて、Lisa は懸命に走ってきた。広い芝生を、一直線に彼らのほうへ。転んでしまわないかと心配になるほど、全力で。

「Mai!! Mai!!（マイ!!　マイ!!）」

Lisa は大声でそう叫びながら、フェンスに張り付いて待っている舞に向かって走って来た。金網に突っ込みそうな勢いで走って来ると、そのまま金網をつかむ。そして舞の後ろにいる亮多と航太郎を見た。

「Ryota!! Kotaro!!（リョータ!!　コータロー!!）」

亮多と航太郎は持ち場から笑んで見せた。Lisa と同じく金網をつかんでいる舞がLisa に言う。

「My brother left a song!（あのね、お兄ちゃんが曲を残してたの！）」

Lisa は目を丸くした。

「What?（えっ？）」

舞は鼻先が金網に付きそうなほど Lisa に顔を近づけて言った。

「His new song. We named it "SAYONARA DOLL." We play one song. For you! Please listen!（お兄ちゃんの新しい曲。それ、『SAYONARA DOLL』って曲にしたから。あなたのために、その曲だけ演奏する！　聴いて！）」

Lisa は嬉しそうに白い歯を見せて笑み、うなずいた。

舞は自分のスタンドマイクの前に戻り、ギターとアンプを繋いでいるコードを身体の脇へ払った。ギターのネックを握り、自分のポジションに着く。

三人は目線を交わした。

亮多はさっきの Lisa に心をつかまれていた。自分たちのもとへ、まっすぐ全力で走ってきてくれた Lisa。その気持ちに応えられる演奏を贈りたい。

そのとき一羽の小さな蝶が、ベースとギターを提げて並んで立っている亮多と舞のあいだを飛び、ドラムセットに座る航太郎の前で右へ折れて飛び去った。

航太郎は両手のドラムスティックを握り直すと、大きく風を吸い込んで、気持ちを整えた。

目を閉じていた舞は、一つ息を吐いた。そして目を開くと、スタンドマイクに口を近づけた。歌い出しは舞から。三人で話して決めたことだった。

舞は歌い出した。

　夢を見ていた　長い長い夢を
　昔々この島で　君と出会い　恋に落ちた

地面に置かれた大きなアンプから放たれた舞の歌声は、いつもより美しく澄んで、高く空に響いた。

航太郎がキックを踏むバスドラから太いリズムが出た。亮多と舞のベースとギターが鳴らされた。落ち着いたバラード曲が始まった。

Lisaはフェンスの前にひとりで立ち、胸の前で両手を合わせて三人の演奏を見つめていた。

　まるでロミオとジュリエット　許されない恋
　二人は愛を育む　争いをよそに

亮多は草地の地面を足先で踏んでリズムを取りながら、ベースを演奏していた。

航太郎のバスドラから前へ放たれた音が、そこに生えている草を揺らす。

　不条理な現実　言葉も国境も
　壁という壁を　愛は越えた

舞の手が握っているピックが、ギターの六弦を弾いて行き来する。Lisa はまるで神聖なものでも見ているかのような顔で、直立して聴いていた。舞は自分の左手を見ながら、しっかりと弦を押さえてフレーズを弾いた。亮多がうたを受け継いだ。

　争いは金を生み　悲しみや憎しみだけが残る
　弱い者を盾に槍をつく　平和を餌に蠅が集《たか》る

航太郎が叩いた金色のシンバルが陽光を跳ね返してきらめいた。ゆったりとしたこの曲のリズムに合わせて、ゆっくりと雲が空を流れている。サビだ。亮多と舞と航太郎は全員がマイクに口を近づけた。全員が演奏しながら歌った。

　忘れないで　この島を　この海を
　いつの世も　いついつまでも

Lisa は頭でわずかにリズムを取って聴きながら、演奏する三人を見つめている。

忘れないで　あの歌を　約束を
いつかまた出会える日まで

亮多たちは、正面から風を受けていた。フェンスの金網を通り抜けて、基地のほうから吹きつけてくる風を。
三人は、それにあらがうように、前へ向かって歌った。

いつかまた出会える日まで

Lisa は静かな微笑みをたたえ、ひとりで、全身で彼らの演奏を受け止めていた。

いつの世も　いついつ　いつまでも

この時、大音量の演奏を聴いた近隣の住民も、なにごとかと出て来ていた。
そしてLisaの家からも、Natalieが玄関先に出て来ていた。
だがNatalieは、フェンスのそばに立ってフェンス越しに亮多たちと交流している
Lisaの姿を見、その様子に目を奪われて、ただ玄関先からそれを見守った。

夢を見ていた　長い長い夢を……

演奏が終わった。

この曲を急ピッチで仕上げてきたけど、今までで一番気持ちの入った演奏ができたと亮多は感じた。それはもちろん、届けたい相手が目の前にいたからだ。今の自分たちが作り得る、最高のステージ。何ものにも代えられない時間。

Lisaは、笑っているのか泣いているのか、わからない顔をしていた。

演奏を終えた亮多は楽器を下ろすと、曲を録って入れてきたCDを、フェンスの上から金網の向こうへ落とした。Lisaが贈ってくれたサヨナラドール。この歌詞は、そこから紡《つむ》がれた自分たちからのアンサー。そしてその曲を入れたCDは、お返しの贈り物だ。

Lisaは自分の手に取ったCDを見て、嬉しそうな笑顔を金網越しに見せた。そして一瞬だけ、涙をこらえた。それを見てしまった舞は、演奏中は泣くまいと思っていた涙がこみ上げた。

フェンスに近寄った舞が、金網をつかんで崩れるようにしゃがみこんだので、亮多と航太郎とフェンスの向こう側のLisaも近寄ってしゃがんだ。舞とLisaは金網を挟んで、お互いの両手を合わせた。

亮多は舞を見て、そんな、泣くなと思った。これは今生《こんじよう》の別れじゃないからさ。決して、もう二度と会えないわけじゃない。大丈夫だ。これで終わりなんかじゃない。

Lisaと舞と亮多と航太郎が、金網を挟んでお互いの手を握り合い、別れを言っているあいだに、根間が手早く機材を片付けてバンに積み込んでくれた。亮多と舞と航太郎はすぐにバンに飛び乗った。たったひとりに向けた、たった一曲だけのステージ。だけどひとりの心にちゃんと届けば、きっと百人の心に届く。千人の心に届く。

近隣の住人がだいぶ出て来てしまっている。LisaのもとへはNatalieも歩み寄って来た。だがNatalieは、Lisaに何も言わなかった。フェンスの外の亮多と舞と航太郎の姿をずっと見続けている娘の肩に、そっと手を置いただけだった。

走り出したバンの窓から、舞と亮多と航太郎は手を振った。Lisaも大きく手を振った。フェンス脇に立つ Lisa の姿はどんどん小さくなり、バンが角を曲がって見えなくなるまで、Lisa は大きく手を振り続けてくれていた。

26

その大事な曲を、亮多たちは再び演奏していた。

場所は宜野湾のライブハウス。うっすらとスモークがかかり、赤や緑の照明の光が斜めに射しているステージに、三人は立っていた。

根間がセッティングしてくれた、自分たちのライブである。フロアには、なんと目一杯の客が入っている。二百人以上。フロアはすし詰めだ。その観客全員が、静かなバラードに聴き入っていた。

夢を見ていた　長い長い夢を……

亮多はあの時の Lisa の姿を目に浮かべながら、最後のフレーズを歌い終えた。

亮多の歌声と舞が奏でるギターの音が、ステージを見つめている観客たちの心の奥に静かに消えた。

静寂。ステージの亮多と舞と航太郎の顔に一抹の不安がよぎる。だが、そのあと波のように大きな拍手と歓声が湧き上がって、三人を笑顔にさせた。

フロアの一番奥にある卓に、音と照明を操っている根間の笑顔も見える。

ベースを提げた亮多とギターを提げた舞が笑みを交わした。後ろを向くと航太郎がドラムセットで笑んでいる。三人の顔にはすでに何曲かを演奏してきた汗が光っていた。

航太郎は今日、斜め前で演奏している亮多を見ていて不思議な気持ちになっていた。こいつ、なんか少し変わったな。今までの、トガってハジケてるだけの歌い方じゃなくなった。もちろん、ベースを弾きながら歌わなきゃならなくなったから、派手に動けなくなった。でも、そのせいじゃない。なんだか、うたを届けようとする姿勢が、変わった。

亮多はフロアの観客へ向き直った。再び歓声が上がる。指笛を鳴らしているやつもいる。学校の知ってるやつらの顔が見えた。ああ、来てくれたんだ。すげえ《デージ》ありがてえな。亮多はそう思った。

「亮多ぁー！」「航太郎ー！」などと騒ぐ学校の男たちの声に混じって、女の子の声で「舞ー！」と聞こえた。舞には、叫んだその子の顔が見えた。クラスメートの女の子だ。でも、あの子に今までそんなふうに呼ばれたことあったっけ。舞は彼女に笑顔を返した。

亮多は予備のピックが三つ付けてあるスタンドマイクに歩み寄った。次の曲に移ろうとして笑みを見せる。が、その時、フロアを見た目が何かをとらえて亮多はハッとなった。

満員の観客の後ろに、慎司が立っていた。フロアの後方の、ホールへの入り口の前あたりに立ち、あいつがよくやる優しいまなざしで亮多を見ていた。

亮多は息を飲んだ。

この島には神様がいて、死者の魂は帰って来る。それは昔から教わり続けていることだ。

ああ、そうか、と亮多は思った。おまえはホント、心配性なんだよ。大丈夫だよ。俺たちはもう三人で、ちゃんと初ライブだって演れるよ。

……いや、違うか。おまえもホントは、ここで演りたかったんだよな。俺たちはこのライブのステージを目指して、死ぬほど練習してたんだもんな。

すると慎司は、笑みを浮かべて、騒いでいる観客たちの後ろから亮多に向かって親指を立てた片手を突き出して見せた。それを見て、亮多は笑んだ。そうか、俺たち、良かったか。

だがそのとき亮多は、ふと気づいて横を見た。すると舞も、慎司のほうをまっすぐ見て笑んでいた。振り向くと航太郎も、慎司のサムズアップを見て笑んでいる。そっか、これたちのところへも、おまえはちゃんと帰って来てくれてんだ。

亮多はあらためて前を向いた。そしてマイクスタンドのマイクを握ると、観客に向かって叫んだ。

「あのさぁ、めちゃくちゃ音楽《デージ》が好きな親友がいるんだけど――」言いながら亮多はまっすぐ慎司を見ていた。「そいつが、こんなんじゃまだまだ乗れないって言ってんだよ！」

何言ってる、バカヤロって顔で、慎司が苦笑するのが見えた。バカヤロウ、そう思ってるんだろ？　わかってるんだよ。亮多はニヤリと笑んで叫んだ。

「だから行くぞ!!　みんな!!　歌えッッッ!!」

亮多の叫びを受けて、航太郎がスティックを強く叩いてカウントした。

出だしの一音を、亮多と舞はベースとギターを振り下ろすようにして強く出した。満員の観客の心にその音がドカンと突き刺さった。たったその一音だけで、うあああっと歓声が上がった。

曲が始まった瞬間にステージの照明のアレンジが一瞬で派手に切り替わる。そしてフロアが爆発した。こうなるに決まってんだろ？　俺たちが持っている、一番乗れる曲だ。あの新歓ライブを熱狂させた曲だ。そうだろ？　慎司！

舞がギターの長い弦にピックを滑らせてピックスクラッチをした。ひずんだカッコいい音がステージの両側の巨大なアンプから飛び出す。亮多は歌い出した。

人にやさしくされた時　自分の小ささを知りました
あなた疑う心恥じて　信じましょう　心から

慎司は口ずさみながら身体を揺らし始めた。俺たちの曲だ。そういう顔で乗り始める。めちゃくちゃ音楽が好きな親友が、音楽に乗っている。

ギターを弾く舞が慎司のその様子を見ながらボーカルを引き継いだ。

流れゆく日々その中で　変わりゆく物多すぎて
揺るがないもの　ただ一つ

　あなたへの思いは　変わらない

観客たちは全員、天井に向けて片手を突き上げて歌っている。
亮多がうたに戻る。

　泣かないで愛しい人よ　悩める喜び感じよう

舞はギターを弾きながらマイクから外れたところでも一緒に歌い続ける。
航太郎のドラムが曲を支える。

　気がつけば悩んだ倍　あなたを大切に思う

慎司は身体が自然に動いたといったふうに、いつのまにかエアでギターを弾き始めていた。見えないギターをかき鳴らす。舞はそれを見て目を見張った。

　ほら　元どおり以上だよ　気がつけばもう僕の腕の中

ギタリストの慎司がそこにいた。舞はまさかもう一度その姿が見られると思っていなかったので、目を奪われた。見えないギターのネックを滑る慎司の運指が、舞が弾くギターの運指とぴたりと一致する。

あなたに逢いたくて　逢いたくて

慎司は大騒ぎする観客の後ろで、めちゃくちゃに乗りまくってギターを弾いていた。

亮多は歌いながらその姿を見て、一瞬こみ上げるものがあって目をそらした。

クソッ、この歌詞が染みる。

あなたに逢いたくて　逢いたくて

舞も少し泣きそうになったので、コーラスを歌う時にわざとマイクに強く口を近づけて歌った。航太郎はまっすぐ慎司の姿を見つめたまま、ドラムを叩き続ける。

眠れない夜　夢で逢えたら　考えすぎて　眠れない夜

いつのまにか慎司は、このライブハウスの熱狂の一部と化していた。

そうだ、慎司、踊れ！　おまえがずっと望んでたライブの熱狂だ！　歌え！

夢で逢えたら　どこへ行こうか？
あなたがいれば　どこでもいいよ

亮多はベースを弾きながらステップを刻んだ。汗が首筋に光る。

ぎゅうぎゅうに身体を寄せ合っている観客が、嬉しそうに、楽しそうに、人差し指を立てた片手を突き上げながら、一緒になって歌っている。

舞がギターから両手を離して手を打ち、観客にハンドクラップを求めた。観客たちが頭の上で舞に合わせて両手を打ち鳴らす。

あなたに逢いたくて　逢いたくて

舞は笑った。こんなに、こんなに、楽しい。練習をがんばってきてよかった。

あなたに逢いたくて　逢いたくて

フロアの全員が声を合わせて歌う。

航太郎はドラムを叩きながら思っていた。目の前に、一つになれる仲間と、聴衆がいる。もうこのまま、この曲が終わらなければいいのに。

そして航太郎は前のめりの姿勢になると、まるで前方へ駆け出しそうな勢いでドラムを叩いて曲を加速させた。

流れゆく日々　季節は変わる

観客の叫びが、突き上げる拳が、演奏する三人を後押しする。

花咲き散れば　元にもどるの

慎司はエアでギターをかき鳴らし続けていた。亮多と舞と航太郎には、その音がはっきりと聴こえてきていた。舞が弾くギターの音色に、慎司の太くて強いギターの音が重なって聴こえていた。

こんな世の中　誰を信じて歩いてゆこう

そして慎司は、気持ちよさそうにギターを弾きながら、そのままライブハウスの熱狂の中に溶けて消えていった。

そうか、慎司、おまえはこれからもずっと、ここにいるんだな。

手を取ってくれますか？

そう歌いながら亮多が手を伸ばした先に、もう慎司の姿は無かった。

あなたに　あなたに

けれど亮多はむしろ、すがすがしい気持ちになっていた。いつだってライブの熱狂の中に、あいつはいる。だから俺たちは、これからもずっとこのまま、歌い続ければいい。

演奏しながら横の舞を見ると、ネックの弦を押さえる自分の左手に視線をやるその顔は、笑んでいた。

ベースのネックを振って後ろを見ると、航太郎がドラムを叩きながら笑みを見せた。

そして前を向けば、ステージの照明の光に照らされて一緒に歌っている、たくさんの観客の笑顔がある。

亮多は笑んだ。

大丈夫だ。俺たちの進む先には、音楽がある。

謝辞

まず、亮多たちの物語に最後までお付き合いいただいた読者の皆様に、心から感謝いたします。ありがとうございました。

また、この作品の完成をあたたかく見守ってくださった、ロックバンド・MONGOL800の上江洌《うえず》清作《きよさく》さん、儀間《ぎま》崇《たかし》さん、高里《たかざと》悟《さとし》さんに、この物語を捧げます。皆さんが世に出した多くの素晴らしい楽曲なくして、この物語は生まれませんでした。本当にありがとうございました。

そしてこの場で一つ、昔話をすることをお許しください。

あれは、二〇一一年の初夏のことでした。僕は所属している会社の受付の横にある階段を上ろうとして、一人の人物に声をかけられました。

「平田さん」

彼は会社の後輩でしたが、それまで親しく話したことはありませんでした。沖縄から東京へ来て映像業界に入っていた彼は、山城竹識《やましろたけし》君といいました。

「脚本を書いてもらえませんか」と彼は言いました。

聞くと、山城君はMONGOL800のメンバーのお三方が在籍した沖縄の浦添《うらそえ》高校の二学年下の後輩で、今でもメンバーのことを変わらず「先輩」と呼んでおり、現在では楽曲のミュージックビデオなどMONGOL800に関わる映像の全てを手がけています。ところが「小さな恋のうた」や「あなたに」といった特大のヒット曲には、もはやそれに見合う映像を付けることはできないと思った彼は、ストーリーを用いたドラマにしたいと考えたのです。

「MONGOL800の曲を元にして、沖縄の本当の姿を描きたいんです」

思いを語る彼に、けれど僕は言いました。

「僕でいいの？」

僕は沖縄に縁もゆかりもありません。「本当の沖縄」を描きたいのに、僕でいいのか。すると彼は「だからいいんです」と言いました。外からの客観的な目で描かれたもののほうが、沖縄以外の人たちへも広く伝わるはずだというのです。そこで僕は「じゃあ、やろう」と答えました。

それから僕は彼に連れられて沖縄へ行き、案内されてたくさんの場所を訪ね、紹介された多くの人たちから話を聞き、取材を重ねました。そしてストーリーを作り上げ、山城君が作った企画書を手に、今度はその実現のために動き出しました。

ところが、うまくいきませんでした。当初は沖縄発のドラマとして作ることを目指していたのですが、資金が工面できなかったのです。そんな僕たちをプロデューサーの松本隆洋《まつもとたかひろ》さんが支えてくれました。渡口政旬《とぐちせいじゅん》さん始め多くの沖縄の方々がお力を貸してくれました。僕たちはテレビ局の方々とも会いましたし、助成金をもらうために二人でプレゼンにも行きました。様々な方法を模索したのですが、企画は動かないままでした。

五年が経った頃、僕は正直、これはもうダメかなと思いました。ドラマや映画の企画が立ち消えになる経験はしています。けれど山城君は、あきらめようとはしませんでした。東京から沖縄へ生活の拠点を移した彼は、沖縄で大きな出来事があると、「平田さん、こんなことがあったんです」と電話をしてきたり、連絡の期間が開くと、「ここをこうしたらどうかと思うんです」とストーリーについてメールをしてきたり、消えそうになるロウソクの火を決して消そうとはしませんでした。

するとそのうち、東映さんから「映画で」とのお話が来ました。そこで、映画プロデューサーの森井輝《もりいあきら》さんと小出真佐樹《こいでまさき》さんに加わってもらえることになり、東映の紀《き》伊《い》宗之《むねゆき》さんが僕たちの作りたかった内容をそのまま支持してくださり、信頼していた橋本光二《はしもとこうじ》郎《ろう》さんに監督を引き受けてもらえ、その橋本監督のもとへ大勢のスタッフとキャストの皆さんが集結して、この作品は映画として完成しました。

そんな理由から、映画の公開に合わせて小説版も作りましょうとなった時、僕は「それなら自分で書きます」と手を挙げました。こういう場合、他の書き手の方にお願いすることもあるのですが、僕はこの物語は人に渡したくなかったからです。

企画を抱えた状態であがいていた頃からは本当に信じられないほど、たくさんの方々がこの作品に参加して力を注いでくださり、感謝の言葉もありません。この場を借りて伝えさせてください。本当に、ありがとうございました。

そして、最後に、

山城君、この作品が形になってよかったね。これはあなたの執念と人柄のたまものです。僕をこの作品へ誘ってくれてありがとう。

二〇一九年二月

平田研也

本書は、映画『小さな恋のうた』を原案として、
著者が書き下ろした小説です。

NexTone：PB43033号
NexTone：PB43034号
NexTone：PB43035号

|著者| 平田研也　1972年、奈良県生まれ。大学卒業後、制作プロダクションROBOTに入社。2002年に山崎貴監督作品「Returner　リターナー」に共同脚本として参加し、映画脚本デビュー。以降、映画・ドラマ・CM・展示映像など様々な分野の脚本を担当。「つみきのいえ」('08年　加藤久仁生監督）が、米国アカデミー賞短編アニメーション賞を受賞して一躍話題となり、絵本も出版。その他の脚本を手掛けた作品に、「ボクは坊さん。」('15年　真壁幸紀監督)、「22年目の告白　私が殺人犯です」('17年　入江悠監督)、CM「マルコメ　料亭の味」シリーズなどがある。

小《ちい》さな恋《こい》のうた
平田研也《ひらたけんや》

2019年3月15日第1刷発行
2019年4月3日第2刷発行

発行者――渡瀬昌彦
発行所――株式会社　講談社
東京都文京区音羽2-12-21　〒112-8001
電話　出版（03）5395-3510
販売（03）5395-5817
業務（03）5395-3615
Printed in Japan

講談社文庫
定価はカバーに表示してあります

デザイン―菊地信義
本文データ制作―講談社デジタル製作
印刷―――株式会社新藤慶昌堂
製本―――株式会社国宝社

ISBN978-4-06-514981-2

講談社文庫刊行の辞

二十一世紀の到来を目睫に望みながら、われわれはいま、人類史上かつて例を見ない巨大な転換期をむかえようとしている。

世界も、日本も、激動の予兆に対する期待とおののきを内に蔵して、未知の時代に歩み入ろうとしている。このときにあたり、創業の人野間清治の「ナショナル・エデュケイター」への志を現代に甦らせようと意図して、われわれはここに古今の文芸作品はいうまでもなく、ひろく人文・社会・自然の諸科学から東西の名著を網羅する、新しい綜合文庫の発刊を決意した。

激動の転換期はまた断絶の時代である。われわれは戦後二十五年間の出版文化のありかたへの深い反省をこめて、この断絶の時代にあえて人間的な持続を求めようとする。いたずらに浮薄な商業主義のあだ花を追い求めることなく、長期にわたって良書に生命をあたえようとつとめるところにしか、今後の出版文化の真の繁栄はあり得ないと信じるからである。

同時にわれわれはこの綜合文庫の刊行を通じて、人文・社会・自然の諸科学が、結局人間の学にほかならないことを立証しようと願っている。かつて知識とは、「汝自身を知る」ことにつきていた。現代社会の瑣末な情報の氾濫のなかから、力強い知識の源泉を掘り起し、技術文明のただなかに、生きた人間の姿を復活させること。それこそわれわれの切なる希求である。

われわれは権威に盲従せず、俗流に媚びることなく、渾然一体となって日本の「草の根」をかたちづくる若く新しい世代の人々に、心をこめてこの新しい綜合文庫をおくり届けたい。それは知識の泉であるとともに感受性のふるさとであり、もっとも有機的に組織され、社会に開かれた万人のための大学をめざしている。大方の支援と協力を衷心より切望してやまない。

一九七一年七月

野間省一